蕭蕭詩文化散文

黃昏裡掛起一盞燈

蕭蕭 著

目錄

〔輯二〕有松火低歌、燒酒羊肉的地方

目錄

〔輯三〕有人交換著流浪的方向……

〔序〕

黃昏裡掛起一盞燈

黃昏裡掛起一盞燈，這意象大多數愛好文學的人都會因之聯想著：「是誰傳下這詩人的行業？」

這是鄭愁予老師〈邊塞組曲〉裡〈野店〉的詩句，詩中每一句都在觸碰邊塞、荒寂，生命的荒涼。最先出現的是響著駝鈴的駱駝、駱駝駝來的商旅及其一路相伴的孤寂。

有命運垂在頸間的駱駝

駝鈴垂在頸間的駱駝所面對的永恆，是——前頭即目：沙，回頭極目：沙——不知盡頭的沙。沙，滿布眼前，眼前的四方、八方，人生的四方、八方。對比著「防風林的外邊還有防風林」的詩句——林連著林，那是多美好的防風沙的森林，那是戈壁中人的夢裡風景；駱駝客的眼前卻是「戈壁的隔壁還是戈壁，戈壁的外邊還有戈壁」，翻譯成撒哈拉、翻譯成大戈壁、翻譯成塔克拉瑪干，卻是單一的意旨：走不完的沙、砂，沒有盡頭的無垠的浩瀚、乾旱、荒蕪……伴隨著永遠沒有回音的單調駝鈴聲。

荒漠有多大，垂在頸間的駝鈴聲就有多寂寥。有命運垂在頸間的駱駝——荒漠的宿命。

有寂寞含在眼裡的旅客

商旅眼裡含著千古的寂寞，萬里的寂寞，這寂寞不也互文著駱駝眼裡所含著的也是千古寂寞、萬里寂寞？

廣大無際的邊塞沙漠，廣大無際的荒遠寥落。就在這空間，有人掛起了一盞燈。鄭愁予看見了曠野上有了一朵微笑，人世間有了一個朦朧的家。詩人是這樣看待邊塞荒漠的野店：曠野上的一朵花，內心深處的家——這野店，等同於詩人的行業。

詩是黃昏裡掛起一盞燈。詩是曠野上一個朦朧的微笑。

〈野店〉的首句，鄭愁予說的是：「是誰傳下這詩人的行業？」給人溫暖，爲人點燈，詩人這行業是需要傳承的。

因此，循著詩意，我選擇「一個朦朧的家，微笑著……」做爲輯一之名，收錄女性詩人的柔婉與家與詩的特殊暖意。擷取「有松火低歌、燒酒羊肉的地方」做爲輯二之名，討論早我十年（一九三七）到晚我十年（一九五七）出生的同齡層詩人，有的燃著松枝在烤火、哼唱，有的喝著燒酒、撕扯羊肉，不同的情趣、不同的風味，展露著詩的萬千峰嶺、人的八方習性。更年輕的一代，寫入輯三，「有人交換著流浪的方向……」，這詩句十分貼切新世代在歧路的可能眺望，沙漠、綠洲，絲路、茶路，各有不同的抉擇。

早期的鄭愁予詩篇，喜歡取用「……」這個符號，別人或許以刪節或餘韻未盡來說解，在「傳下詩人行業」的「野店」裡，我比較相信那是期待傳承、期待延續的信號，對於臺灣現代詩，我也有這種傳承的期待……

二〇二三・十二・三十一～二〇二四・一・一

〔輯一〕

一個朦朧的家，微笑著……

環視的貓眼睛

曾美玲（一九六〇～）即將出版她最新的詩集《貓的眼睛》（秀威，二〇一七），距離上一部詩集《相對論一百首》（書林，二〇一五），才兩年的時間。這貓的眼睛如何成爲曾美玲的詩眼？我們都有興趣探她一探。

一、對視之後的詩眼

在《相對論》中我曾仔細觀察她的四行詩，耙梳各種不同的「相對」的書寫方式，約略爲：一、AaBb形式：兩截式的設計，二、ABCc形式：縮結式的設計，三、dDAB形式：開啟式的設計，四、AaCcBbDd形式：兩兩相

對的多層次設計，五、V形式：定點雙向的設計。但在「新」詩集，一百四十八首詩裡，幾乎看不見過去的腳印，聽不見舊有的弦音，勉強找到的是〈意外二則〉與〈文具二重奏〉這兩首詩。

先看〈意外二則〉這首詩：

（一）扛著萬噸心事
一粒藍色小星
失足墜落

（二）返回天空的路上
一朵過境的雲
意外降落

詩的內文各以三行排列，如果要以「二二」對比方式裝置，未嘗不可：「扛著萬噸心事／一粒藍色小星失足墜落」「返回天空的路上／一朵過境的雲意外降落」，如此改裝就符合《相對論》外觀上的要求，但在內容上，一粒藍色小星與一朵過境的雲，都選擇相同的墜落方向，似乎就失卻相對的意義。曾美玲無意再循前車之轍前進，《貓的眼睛》要展現自己的「新」。

其次再看〈文具二重奏〉這首，依然是用（一）（二）的格式，分列為兩首詩：

（一）橡皮擦

多麼希望／運用你神奇的魔力／把過去堆疊的錯誤／徹底擦掉／消失糾纏心中／揮之不去的陰影／讓生命還原／一張雪白的稿紙／等待填寫／重生的喜悅

（二）筆

謝謝你數十年的傾聽／準確掌握／暗藏靈魂底層／說不出口的秘密／無法承載的苦悶與徬徨／每個星星失眠的子夜／賣力譜寫／閃爍淚光和愛／一曲擁抱一曲／詩的樂章

顯然，曾美玲走過她的《相對論》時代，要讓生命還原，要有重生的喜悅，一曲擁抱一曲新的詩的樂章，要在《貓的眼睛》這部新詩集中，展現她的新視角。

最直接可見的是，她放棄了二分法的「對立」視野，改採「鼎立」式的迴旋可能，就詩的標題與布置來看，〈假日公園印象〉、〈螢火蟲三重奏〉、〈賞花〉、〈遊美詩抄三首〉、〈祈禱〉、〈牆〉、〈玫瑰的告白〉等七首，都以「三重奏」的組詩方式在安排詩的形式。譬如寫於二〇一六年三月十五日的〈假日公園印象〉，詩分三段，早段讓春風四處走動，輕輕推醒整座公園，午段則攤開發霉的心，請陽光曬曬，黃昏時段只寫慵懶的黃狗慵懶地離去，和怡安樂的感覺充滿了這座美麗城市的假日公園。

〈螢火蟲三重奏〉是其中完善表達幸福心聲、童年美夢的好作品。定居臺北之後的曾美玲，完全沉浸在幸福的光圈裡，父母福壽安康，兩位女兒智美雙全，兄弟夫婿相伴和樂，可以讓她全心游習在詩藝之中，這種幸福感足以融化那冰凍的夢，夢與理想，成爲活生生的現實。

（一）

生態池旁，越來越擁擠的／眼睛，耐心垂釣／越來越疏遠／一閃即逝的／幸福

（二）

仔細看啊／從記憶的樹叢間／即將飛出，五秒鐘／提著燈籠／捉迷藏的童年

（三）

即使只迴旋黑暗的舞臺／即使只燃燒十天的青春／即使只散發渺小的光芒／依然以火的舞姿／融化冰凍的夢

螢火蟲復育成功，是都城裡生態維護的大成就，是鄉村童年記憶的甦醒，曾美玲幸福的眼睛看到了這種喜悅，三協其美，三復其意，同時也感染了她的讀者。這首詩以三段各五行的形式在進行，另一首〈玫瑰的告白〉則有「含苞」、「怒放」、「凋零」的生長秩序，不容錯亂，但曾美玲在行數上的安排，卻柔軟而不僵化，可以五行，可以七行，可以六行。放緩了四行、偶數的相對觀，棄守了你與我的對峙、善與惡的比評、美與醜的界線，幸福的曾美玲找到了柔軟的本質，寫出了詩的幸福。

二、環視之後的詩眼

《貓的眼睛》是一部幸福的詩集，詩作繁多，分類上共有十加一輯，除第四輯〈在你的房間裡〉需要特別看待外，其餘都是幸福的寫照。第一輯〈這是一座最美麗的城市〉，寫臺北的溫暖、色彩與美好，享受臺北所給養的一切，這是一雙幸福的眼睛所透視的臺北。第二輯〈風車的傳說〉，是有餘錢、有餘閒、中年以後的詩人最常寫出的作品，西班牙、美國、日本、東海岸的旅遊幸福。第三輯是〈夜空〉（小詩），從上一部詩集《相對論一百首》已可見識到曾美玲對形式的覺醒，在衆多以內容分類的輯名中特別標誌「小詩」，是對小詩的珍愛表現，在這一輯中，詩人讓我們體會到「小詩」與「感覺」那種緊密而親切的聯繫。

第四輯〈在你的房間裡〉是悼念侄兒 Wesley 的專輯，這青年曾是大學附設的青少年管絃樂團大提琴首席，又擅長繪畫與運動，卻以十七歲白色小馬般的年紀遠離親人，作爲姑姑的詩人體貼地以中英文寫詩悼念，二〇一四年六月發生的憾事，二〇一六年十二月還有詩作爲之感傷，Wesley 生前有著幸福而充實的日子，蒙主寵召後還有姑姑十首綿長的思念作品，也是另一種幸福。

第五輯是信仰的幸福，這是基督信仰的詩人很少出現的專輯，不以自己的信仰去排拒或指導他人的信仰，只以自己虔敬的祈禱，盼望生命的〈復活〉。延續這種耶穌基督的博愛，才有第六輯的〈貓的眼睛〉，關懷蝴蝶、服務犬、信天翁、河馬、石虎、甲蟲等等，這輯詩已跳脫生活詩人的「周遭移情」，從閱讀的認知中傳達愛的關懷。特別是提舉爲輯名、集名的這首〈貓的眼睛〉，以四行小詩推崇貓的靜定與沉思：

夜的深海裡／一對載滿疑問／哲人之眼／靜靜垂釣

深海與垂釣的意象，倆倆加深了貓的沉穩性格，那哲人之眼，其實不也是在夜的深海裡靜靜凝視這貓、垂釣這貓的詩人之眼？這首詩，在衆多幸福的生活詩篇裡，有著靜定沉思的濾淨作用，可以讓其他的幸福作品不止於浮泛敍說，還能兼具厚實而深刻的體會，也能讓愛的流布不止於膚淺的言詞，還能有實質的人道關懷。第七輯〔照相〕是透過媒體知悉的島外苦難，第八輯〔島嶼的哭泣〕則是親見親聞的國內災厄與吶喊，這兩輯就是實際的人道關懷的詩篇，曾美玲以詩去膚受、去體貼，以自己的幸福心靈去追索暗夜的哭泣，實質的立人、達人的關懷詩篇。

最後的兩輯是充滿師友情的〔夜宴〕與世間情的〔致親愛的人生〕，曾美玲又回到溫暖的人世間，就像〈致親愛的人生〉這首詩所期許的，讓赤裸的靈魂踮起腳尖，飛向無風無雨也無晴的「心的淨土」。

這就是二〇一七年曾美玲最新的詩集，一百四十八首詩，讓人欣羨的幸福詩集。或許可以用她自己的〈寫詩〉之前三段，作爲本文最後的歸結、最好的見證。這三段是：

那堆囚禁現實牢房／找不到出口／苦悶之吶喊
那串塵封回憶密室／交織歡欣與悲傷／青春的音符
那組掙脫陳腐窠巢／漫遊虛構幻境／新奇的意象

《貓的眼睛》，含籠萬象，包羅天地，可以視爲曾美玲寫作內涵的總體呈現，非常踏實地實踐了自己心中期許的三個主要的詩的面向，那是她環視寰宇之後的詩眼所望：詩是被現實囚禁的苦悶之吶喊，詩是被塵封的青春之音符，詩是想掙脫窠臼的新奇之意象。前二者在這部詩集中綿密呈現，後者「新奇的意象」，或許要等這貓的眼睛凝視注目，撲攫過去的那一瞬間。

二〇一七・八・三十・臺北市

附耳・微語・牛角灣

認識劉枝蓮，跟認識馬祖是同一時間開始的。

對我來說，如此。對臺灣或馬祖大部分的朋友來說，說不定也是這樣。

牛角形的岬灣．海一樣不老

二〇一六年七月隨著林煥彰等詩人朋友，首度登臨馬祖，首次認識劉枝蓮和她的島嶼、海灣，這一趟馬祖行，我一口氣寫了六首詩（藏在《天風落款的地方》），一口氣認識了馬祖的文友：劉枝蓮、劉梅玉、賀廣義、曹以雄……。同一時間還確認「馬祖」地名確實就是來自「媽祖」，這一年四月大甲媽繞境，第八度駐駕明道大學，我還請祂祝福明道成立全國第一所「媽祖文化學院」。一個八卦山腳的孩子、講閩南話的我，是這樣遲，遲遲才與閩北的馬祖、湄洲的媽祖認識。

二〇一六年九月，劉枝蓮出版她的第一本文學書《天空下的眼睛：我的家族與島嶼故事》，如此宣稱「即使是一個被砲彈摧殘、被時代遺忘的島嶼，仍值得被深情的眼神眷顧。」「這是一部馬祖戰地的庶民記憶史，也是一封獻給家人、家鄉最深情的情書。」同樣來自臺灣之外的另一個海島——金門的吳鈞堯，看出這本散文集的特質：「此書扮演國共對峙，大江海對應小川堂，無情烽火交織有情生活，在幾乎一面倒的以男性為主的戰爭敘事中，靜靜描摹女子與烽火，更難得地細筆勾畫馬祖文化的步調，砲彈與魚蝦，原來可以釀在一只深甕中。」點出了劉枝蓮馬祖散文的書寫語境：小川堂對應大江海，女性視野對應男性戰場，多情馬祖巡禮對應無情烽火踐踏。

相對於金馬戰區的觀點，劉枝蓮的新詩啟蒙老師林煥彰，則從人性與共業大加感嘆：

這時代的大故事小故事啊——／小小的島嶼，那滾燙的血和淚／那呼天搶地的悲與喜／還終將流向歷史，／千秋萬世，撼動人心；／那不朽的血和淚，悲與喜的／你我他，人類的宿命／世代的共業！

特別引述枝蓮的散文語境與煥彰的詩句，恰恰足以引導讀者進入她的詩境，劉枝蓮的詩集有主標題、副標題，總在〔附耳，牛角灣〕、〔我詩．我島〕之間迴繞，是不是與散文專集《天空下的眼睛：我的家族與島嶼故事》，有著某種程度的呼應？一爲視覺散文，一爲聽覺詩歌，同樣在寫馬祖這個島嶼；是不是也印證了「作家的第一本書往往是她的童年記憶、家鄉書寫」，劉枝蓮以不同的文類，給出生命中的大眞實，讓讀者認識馬祖這個被砲彈摧殘、被時代遺忘的島嶼。點出這樣的馬祖大背景之後，就可以附耳過來，諦聽「牛角灣」的春景秋意，諦聽「海老屋」到底是想「與海比老」，還是「與海共老」，或者是與海一樣永遠「不老」？

關於「牛角灣」，我想起周夢蝶的四行詩：「戰士說，為了防禦和攻擊／詩人說，為了美／你看，那水牛頭上的雙角／便這般莊嚴而娉婷地誕生了。」若是，劉枝蓮生於斯、長於斯的牛角形的岬灣，會是怎樣的莊嚴、怎樣的娉婷？

微語．霧．沁涼與潤濕

這部《我詩 我島：附耳，牛角灣》，寫島、寫「微」的詩集，略分爲五卷，卷一〔附耳，牛角灣〕自是主題詩所在，其他三卷詩〔微塵．衆〕、〔微．心事〕、

〈微．聲音〉，可以看出謙卑學習的心，一切眾、一切我、一切心事、一切聲音，都是如塵之微、之渺、之細、之小。將自己看得如此渺小，是因爲將馬祖放得很宏偉很巨大，將生命意涵看得很深廣很切實。

這部詩集，或許可以用這樣的一句話貫串，甚至於這樣的一句話也可以貫串劉枝蓮和她的文集、詩篇：

赤腳在海岸苦尋找一枚繁複記憶的軸線

主題詩〈附耳，牛角灣〉，寫劉枝蓮出生、成長、父親恩義培育、親友情意激盪的所在，寫濱海岬灣常見的顏色：赤潮、藍海藍天藍眼淚藍星沙藍色腳印、石屋上隨意開綻的暖色小花，寫人影、風聲、錯落的石屋，這些都是凡常岬灣的凡常景物、凡常生機，直到詩末卻開展出不凡、非常的意蘊：「我忘了拉開整座山的笑意／讓雲朵也來附耳」，盪開了「人」的生活，盪出了「詩」的生命。

唯有記憶／它拖延它抓住它放大／在風中／在我的衣襟上蹲點／不被識破

卷一之作，過去式的劉枝蓮的記憶追索與鋪陳，進行式的現世的及時採取與回報。即使是昨日，去得也不算遠，彷彿坐在黑石上，就會有馬群昂首，就會有白浪撲身，就會有昨日飄來，劉枝蓮的昔日、昨日疊著今天飄來。

但是，詩集終究不是報導，我們不會在卷二的〔微塵‧眾〕裡去尋找馬祖的象徵人物，但是會在卷三〔微‧心事〕的深處感受馬祖的沁涼與潤濕，那是雨、淚、海浪，冷、泥、血水和成的詩：「請勿要擾我，今晚／我已將我的雕像化作泥漿／醉臥在你的血水裡」「請勿擾我，今晚／我已將我的靈魂化作血水／隨著你的足跡，浪跡天涯了。」（〈雨，不是詩〉）雕像↓泥漿↓血水，靈魂↓血水↓天涯，這樣的層次，這樣的遞增、擴散、淡化、渾沌而出，竟是劉枝蓮詩意所蘊藉的漠與淡、霧一般深的馬祖。

到了卷四〔微‧聲音〕，詩人又拉回現實裡的食物、茶、酒與花，深深記憶的馬祖的指尖、鼻尖、舌尖的溫度，鼎邊抆、繼光餅、龜桃的庶民小吃，有海味的老酒——阿公釀的鄉愁，野菊花是流放峭壁的詩人，咬住青山不放、對抗弔詭酷寒的荒野百合，甚至於以歲月裹住芬芳、等待喚醒的老茶，冷、風霜與相對的炙燒、長壽、艱困的美，隱隱約約都透露著馬祖的莊嚴與娉婷，牛角一彎，相對峙而又圓潤的角度。

附耳‧新詩最初的震動

常人的首部詩集，往往是怯怯提供詩作之外毫無音聲，不，劉枝蓮不是這樣，她堅毅的漁夫個性，夜游、海泳、履山、長跑的經歷，在她的首詩集裡展現不一樣的新人膽識與氣勢。

卷五〈微．詩語〉，是散文，枝蓮選擇了五位詩人的作品加以評述，分析這五篇詩語，有助於了解劉枝蓮和她的詩。如果反過來先讀卷五〈微．詩語〉，或許更能耙梳劉枝蓮的詩路、詩向，冀望達及的詩風。

第一篇是讀非馬小詩〈月落〉的心得，非馬是臺灣詩壇小詩高手，往往幾行短句，有事有義，且俐落入神，〈月落〉原詩：「**耗盡了愛情／離去時／猶頻頻／回首／而床上的魯男子／正鼾聲大作**」，劉枝蓮拿伊朗新浪潮電影的開創者、詩意電影大師，卻也擅長寫小詩的阿巴斯．基阿魯斯達米（Abbas Kiarostami，一九四〇～二〇一六）的作品「**熟睡男人床上／孕婦飲泣**」作爲比較，稱之爲「鴛鴦小詩」，這兩首小詩都極有畫面效果，都有對比意象，前者還將月亮比做女性，頻頻回首暗示著多情、不忍離去，而男子則是呼呼大睡的魯男子，不解風情，「天」（回首的月亮）與「人」（鼾聲大作的魯男子）相互呼應，劉枝蓮體會出：「**讓人有不哭而傷神的惆悵。**」非馬的詩，短而精悍，枝蓮的論，簡而深刻，彷彿也道出了自己寫詩的原始動機與期求的高度。

有趣的是第二篇，劉枝蓮對自己的詩作〈阿公的老酒〉做了「羅蘭．巴特

(Roland Barthes，一九一五～一九八〇）式」的自我解剖，顯示自己是有著理性認知的詩人，清楚知道爲何而寫、如何達標，也顯示劉枝蓮「度人金針」的助人熱忱，率性而爲的陽光性格。

其後三篇詩評全與馬祖有關，其一是蔡富澧爲馬祖所寫的《碧海連江》詩集，五百行的長詩加上五十首的短詩，其二是「**以淺白文字，表達五〇～六〇年代馬祖庶民生活樣貌與願望**」的福州話的歌詩，陳高志的〈謝天〉。這兩篇詩評，一寫長詩，一寫短歌，都在呼應自己一生的寫作，與馬祖同聲息，共寒暄。其三，題爲〈鄉愁·蔓延〉，讀的是金門詩人許水富的《島鄉蔓延》，劉枝蓮很清楚「**許水富以詩人之眼，以故鄉金門為底色的書寫，某些過去經驗與馬祖有水變成火，火讓人著迷的『在場』關係。**」她是以許水富的《島鄉蔓延》作爲「詩的光源」，期許自己，鼓舞自己。

若是，〈微·詩語〉眞的只是「微·詩語」而已嗎？

若是，〈我詩　我島〉、〈附耳，牛角灣〉，眞的只是在寫牛角灣、馬祖島而已嗎？

霧色迷濛，我們隨著劉枝蓮降臨馬祖，馬祖或許將隨著劉枝蓮而清明了。

二〇一八·清明節前·臺灣島北端·品賞鐵觀音後

千年之髮・懸絲繫掛

詩人龔華選擇《以千年的髮》作爲她親情詩集之名，應該深含意義。

二〇一六年之後，龔華克服不甚硬朗的身體所造成的不便，跨越營養學、外語能力、貿易專業，轉而去攻讀中國文學之乎者也的碩士課程，她跟我提起的勤學動機，是要爲父親詩人薛林先生（龔建軍，一九二三～二〇一三）完成一篇研究專論，這是愛的激勵，讓我十分感動。

兩年前的四月，龔華透過臺南市政府文化局的協助，爲父親編輯詩集出版《自己做陀螺：薛林詩集》（臺南市政府文化局，二〇一六），這就是她念茲在茲，紀念父親的一種具體表現。二〇一八年的四月，她將歷年來思憶父母、乾爹乾媽的作品，集結成《以千年的髮》出版，又是一次孝親行爲的踏實履踐。我想起在爲《自

己做陀螺：薛林詩集》撰寫推薦文時，曾言：薛林詩全集中「多的是母親的身影、家鄉的思情、童年的眷戀、新營的繫念，真真切切的人生，實實在在的土地之愛，六十六年詩心與蔗田烘熱的性靈甜氛。」以這樣的結語來看龔華的親情詩集，不正是父親薛林詩風的另一種模子，關於父母的身影（龔華擴大到對乾爹乾媽的感念）、家人的思情（龔華擴大到對弟弟的照顧）、童年的眷戀、新營的繫念，一一呈現在這冊《以千年的髮》中，結結實實的「孝」的實踐。

進入中國文學系的系統學習中，龔華很清楚「髮」在文化史上的意義，所以她的「千年之髮」已經聚焦了整本詩集的核心意涵。

唐朝玄宗皇帝（李隆基，六八五～七六二）曾經御注的《孝經》，〈開宗明義章〉就說：「**身體髮膚，受之父母，不敢毀傷，孝之始也。**」這是將一般人以爲只是用來禦寒用的「髮」提升到文化、孝道的高階象徵層次。

頭是人類器官顯露於外最重要的器官，「首領」、「元首」指稱的是最高級領導人物，「斬首」指稱的是罪罰與死亡，這就是「頭」的重要標記。頭髮則被視爲是頭的延伸物，最初以髮式的改變來辨別男女，指稱不同的年歲，如「及笄之年」是指女孩子十五歲要挽起頭髮，用「笄」（就是髮簪）插穩，如「束髮之年」是指男孩十五歲要束髮，盤成髻，開始上學去了，《大戴禮記．保傅》：「**束髮而就大**

學，**學大藝焉，履大節焉。**」學大藝、履大節之後，二十歲成年了，行冠禮，要在頭上束髮帶冠，要在生活日常裡束身脩心，這才算是受教育的成年男子。

《禮記．內則》有這三段記載：「**子事父母，雞初鳴，咸盥漱，櫛、縰、笄、總。**」「**婦事舅姑**（即公婆），**如事父母。雞初鳴，咸盥漱，櫛、縰、笄、總。**」「**男女未冠笄者，雞初鳴，咸盥漱，櫛、縰。**」都在告訴我們，早上公雞初啼就要起床，洗手洗臉刷牙漱口之後，就是整理頭髮，要用梳子梳頭（櫛）、要用布帛束髮（縰）、要用笈簪固定（笄）、要盤總在頭頂上（總），從「頭」做起，十分繁雜，但這就是禮儀、這就是家教。要不，就是出家的僧尼、犯罪的囚徒、卑微的奴隸、喪失心神的瘋癲人士；要不，就是悲憤的箕子「**披髮佯狂而為奴**」（《史記．宋微子世家》）；要不，就是忠而被謗的屈原「**披髮行吟澤畔**」（《史記．屈原列傳》）；要不，就是「**人生在世不稱意，明朝散髮弄扁舟**」的李白（〈宣州謝朓樓餞別校書叔雲〉）；要不，就是母親過世悲痛至極不拘禮典的阮籍「**散髮箕踞，醉而直視。**」（《晉書．阮籍傳》）。

要不，就是國家滅亡了！

孔子所最擔憂的「**微管仲，吾其披髮左衽矣！**」（《論語．憲問》），春秋時代，管仲協助桓公，稱霸諸侯，一匡天下，如果沒有管仲，孔子擔心「我們大概會披散著頭髮，穿著衣襟開在左側的夷狄衣服，成爲亡國奴了！」

這千年之髮的歷史，從身體髮膚不敢毀傷的家教，論述到披髮左袵的亡國之痛，或許有人說：牽連太長了吧！但從龔華的親情詩集《以千年的髮》內容來看，並不爲過。書中的上輯是獻給父親、母親，這是身體髮膚不敢毀傷的家教，下輯是獻給乾爹、乾媽的，龔華的乾爹郄耀華先生是爲中華民國殉職的黑貓中隊U2飛行員，入祀圓山忠烈祠，正是捍衛家國、捍衛正統的忠烈之士，這一髮是可以牽動興國、亡族的正氣啊！

先看主題詩〈以千年的髮〉，龔華日有所思，夜有所夢，詩從夢中母親爲她梳頭、揪著毛囊的痛開始寫起，以髮憶往：「昨夜，妳來了／梳理我枕上的髮／甜蜜的毛囊裡／揪著微微的痛」，詩至最後，龔華多希望這痛能鎖住夢，這愛能千年纏繞！「黑駿駿的時空裡／我再一次揪著甜蜜的痛／是否能鎖住夢／從今夜起／以兒時的桂花香／纏繞／以千年的髮」。這是寫給母親的詩，另有一首憶母親的詩〈一枝草一滴露〉，直接描摹母親的捲髮，美如雲彩，也十分動人：

〈一枝草一滴露〉

烏黑的卷髮潮濕了／卻嫻靜地彎曲著／在斜陽中／如雲彩

記掛父親似乎難從「髮」直接入手，龔華卻從父親思念家鄉而觸引的棉襖「殘絲」來暗喻髮絲的纏繞，更是精彩，最後以「春蠶吐絲」點出父愛無限，惹人心酸：

您卻說／雖然家鄉的棉襖早已破舊／牽着血脈旅行便足夠／而被褐鄉愁更足以取暖／溫柔而堅持永不凍結／既使在最低溫的寒流中／您輕拂著爆出領口袖口的殘絲／永不止歇的動作／如春蠶吐絲般／重複地點著頭

〈入冬〉

或者，那樣的髮絲，可不可以用無止盡的鐵軌來象徵、來繫連？龔華有一首寫給父親的〈月臺〉的詩，可以媲美朱自清（一八九八～一九四八）的散文〈背影〉，就是這樣將鐵軌拉成髮絲，繫住南北，甚至於繫住陰陽的父女情：

從此你眺望每一次火車進站又目送火車駛離／我卻竊視你身上一次又一次的歲月紋身／灌滿風寒的外衣也無法豐潤你的影子／越拉越長的鐵軌將你的身軀越縮越小

〈月臺〉

至於入祀圓山忠烈祠的乾爹，是因爲駕駛Ｕ２而爲國捐軀，龔華以〈拋物線〉來隱喻那思念的髮絲，絲絲入扣：

雨絲越加細長了／怔忡模糊了天際線／最美麗的賦別／終究是／牽繫海天的拋物線

〈拋物線〉

篤信基督的龔華，當然清楚知道《聖經》中的啟示，上帝的愛是用「就是你們的頭髮，也都被數過了。」（《馬太福音一〇：三〇》）、（《路加福音一二：七》）來形容，十萬根的頭髮，仔細數遍，這是「愛」的另一種細膩與眞諦，中西文化都珍惜的「千年之髮」。

二〇一八．清明節．臺北市東區洗髮後

未來已經來了

二〇一一年七月底，曾美玲（一九六〇～）從教職退休、移居臺北，迄今出版了四部詩集，最先的一部是《終於找到回家的心》（秀威／釀，二〇一二），這是移居臺北半年後所出版，最近的一部是《未來狂想曲》（秀威，二〇一九）。站在二〇二〇年年初，回頭審視這四部詩集，驚覺首部詩集的「預言式」話語「找到回家的心」，在這九年的臺北大都會的生活與詩創作中逐一應驗了，曾美玲終於找到回家的心！而《未來狂想曲》所預示的未來，也同樣在這部詩集中落實！

有趣的是，中間出版的兩部詩集，《相對論一百首》（書林，二〇一五）與《貓的眼睛》（秀威，二〇一七），也從形式上二分法的「對立」視野，改採三角「鼎立」式的迴旋圓融。我曾舉兩首詩來見證：來到臺北，曾美玲是找到回家的心。其一是寫於二〇一六年

三月十五日的〈假日公園印象〉，詩分三段，早段讓春風四處走動，輕輕推醒整座公園，午段則攤開發霉的心，請陽光曬曬，黃昏時段只寫慵懶的黃狗慵懶地離去，和怡安樂的感覺充滿了這座美麗城市的假日公園。其二是〈螢火蟲三重奏〉，完善表達幸福心聲、童年美夢的好作品，顯示定居臺北之後的曾美玲，完全沉浸在幸福的光圈裡，父母福壽安康，兩位女兒智美雙全，兄弟夫婿相伴和樂，可以讓她全心游習在詩藝之中，這種幸福感足以融化那冰凍的夢，夢與理想，成爲活生生的現實（見《貓的眼睛》推薦序）。

這種生活的現實感，一直川流在曾美玲的詩中，即使是《未來狂想曲》中仍然充滿了這種寫實性、逼眞感。所以，爲《未來狂想曲》作序的三位詩友，都聚焦於曾美玲作爲「生活詩人」代表的這一論點上。洪淑苓（一九六二～）說：「巧筆刻畫人間情味，確實是曾美玲創作的重要精神。」「寫給母親、外婆和女兒的詩，恰恰構成女性／母性的血緣與情感脈絡，形成一大特色。」季閒（邱繼賢，一九五九～）以「用文字後製的感懷寫真集」作爲他個人對這本詩集的詮釋，認爲這本詩集裡可以讀到許多曾美玲「以率真文字，寫下充滿人生智慧的詩句。」王厚森（王文仁，一九七六～）則以爲「故鄉與家人的記憶，再加上對母土的觀察，聯繫成為這部詩集的主軸。」還指出曾美玲詩中有一種吸引人的特質：「期盼帶領迷路的眼睛／穿透皮相／照見內心真實的美麗」，這種「照見」有如童話故事中的

「魔鏡」，但這種眞實卻是內心的眞實，特別是眞實裡的（女性／母性的）美麗（見《未來狂想曲》頁二十六～四十三）。

長久以來現代詩的評論者都在探討現代詩的「現代性」，在現代詩的「現代性」討論中，曾美玲不曾出現在被討論的行列中，因爲她使用的語言一向平和溫婉，意象傳統而仕女，風格介乎《秋水》與《葡萄園》之間，而且曾美玲出身臺師大英語系，受過正統的余光中式的英詩教育，詩的格律要求清晰烙印在她的寫作大腦中，因此她的詩的形式在節制中進行，即使是自我尋求的格律約束，也不會是大崩壞型的大創造。若是，曾美玲不在追求詩的「現代性」，她關注的是詩的經常性所帶引出來的恆久感。

因此，即使以「未來」爲題的〈未來狂想曲〉，舉世都在關注的5G（第五代行動通訊網路，5th generation mobile networks）所可能引發的軍事、國防、經濟、人權、生態的變動，都不在她的筆端出現，她所關懷的是重逢情人，重返春天的可能，嚮往著春的喜悅、愛的歡悅，應用的意象是天眞的飛天魔毯、巫婆的掃帚、公主與王子式的吻，百年也無法忘懷的童話。曾美玲的詩讓我們思考詩的「現代性」是否必要，思考詩的「現代性」是否是唯一的不歸路？在現代詩已經擁有一百年歷史的現當代。

關於時間，我們可以用三態來比擬，過去是結冰式的固態，無法改易；現在是氣態，在人的一呼一吸之間，說著話的這一呼吸之間，「現在」、「此刻」、「當下」就已成爲過去；未來則是流水一樣的液態，一直來，不斷地湧過來。因此，所謂「現代性」指的其實是瞬息之間的萬變，不可捉摸、不可挽回的那一剎那，前衛的、實驗性質濃厚的、未確定的質素。因此，詩寫「現代性」的作品，閱讀時會有極大的歡騰，浪濤型的沖激。但，曾美玲關注的卻是日常而恆常的質素，以平靜仁和的心看待固態的過去，迎接細水長流的未來，即使是5G的話題、5G的情境，虛實之間曾美玲選擇主體不缺席。

「我在」，《未來狂想曲》裡的曾美玲一直都在。〈未來狂想曲〉是「我」的狂想曲，〈念故鄉〉是「我」念故鄉，〈搭捷運〉是「我」搭捷運，〈那一夜，在往鹿特丹的渡輪上〉是「我」在往鹿特丹的渡輪上，〈截句〉是曾美玲曾經嘗試的截句，〈那年夏天〉是曾美玲致敬余光中的詩篇，〈選舉三部曲〉是「我」曾美玲所見到的選舉怪象，〈魚木花開〉是「我」曾美玲所見到的異象。「我在」，曾美玲一直都在。我在過去，我在現代，我也在未來。

我在我的生活裡，我也在我的詩裡。生活與詩完全結合的生活詩人，幸福的表徵。這就是數十年如一日的曾美玲，在《未來狂想曲》的日常性裡看見詩的恆常，寫出詩的恆常。

二〇二〇．節氣仍逗留在小寒與大寒之間的一月

鏡中鏡像鏡外境

二〇一六年節氣大暑，我爲劉曉頤的第一本詩集《春天人質》（秀威，二〇一六）寫了一篇推薦序〈螺旋型的詩路．螺旋型的詩想〉，用很「堅硬的」釘子（nail）與螺絲（screw）去談劉曉頤「屬性溫暖而潮濕」的詩，藉此警覺詩閱讀的落差感的存在。庚子年二〇二〇的元月，還在己亥年的臘月下，節氣大寒，我開始閱讀她的第四本詩集《靈魂藍：在我愛過你的廢墟》。大暑與大寒的天候裡，現實與非現實的語言世界，在劉曉頤的詩中兩極性的存在，可是卻又能帶著這樣的落差感尋求到冥合無痕的一股力勁，雖然也不一定確知那綿綿的力勁如何使勁。

Ⅰ、兩極性的存在／無痕式的冥合

在這兩本詩集間，劉曉頤還出版了兩冊詩集，突出的是第二本《來我裙子裡點菸》（秀威，二〇一八），眾多的名家「推薦語」共同聚焦的就是這一點——兩極性的存在，無痕式的冥合：

向陽：「她長於使用感官意象和語言，營造出曖昧、纏綿且渾沌的詩想世界。」

宇文正：「字詞肆意滑翔星河，有時降落頹牆邊，廢墟裡，冰刃上，但收服翅翼時，又往往抖落柔和的月光，柑橘的芳香，餘韻無窮。」

孫梓評：「或許有時我們很難在她的詩中看出明確圖案，說不出曲譜高低，卻觸摸得到那線的聲音與溫度，有時切切，有時囁囁，有時珊瑚有時艾草，有時冰有時燙。」

凌性傑：「她透過種種言說方式，讓存有與歌唱同時散發能量。」

陳義芝：「看似浮想聯翩，實則詭秘設計。」

張堃：「劉曉頤的詩大體上有二個主軸：夢幻的祕境和真實生活的酸甜苦辣、哀傷和歡樂，而永恆的題旨——『愛』有形或超現實地貫穿其間。」

感官意象／詩想世界，滑翔星河／降落廢墟，有時珊瑚／有時艾草，存有／歌唱，浮想聯翩／詭秘設計，夢幻祕境／眞實生活，有形／超現實。這些矛盾的語彙，同時在劉曉頣的詩中散發能量，就像南極、北極是地球上最遙遠的距離，卻同樣顯現冰白的冷寂特質，也一起擁抱赤紅的赤道的炎。

擅長寫作長詩、組詩、大幅巨製的的劉曉頣，曾經試著將自己的詩篇裁截爲短章、袖珍，出版爲第三本詩集《劉曉頣截句》（秀威，二〇一八），仍然獲得蘇紹連以對比型的句式〈黑色中的天光之眼〉撰寫推薦序，序中舉出三個對比型的命題「原題／新題」、「黑色／白色」、「光／影」，點明這本截句異於其他截句的特色所在（《劉曉頣截句》頁九～二十），非劉曉頣所長的詩篇、詩句的截長爲短，獨一的名家蘇紹連的「推薦序」，聚焦的仍是這一點——兩極性的存在，無痕式的冥合。

II、你是我的鏡子／我是誰的鏡子？

因此，爲這本新詩集《靈魂藍：在我愛過你的廢墟》尋求閱讀的光源時，我想應該暫時回到《來我裙子裡點菸》借個火。

如果《春天人質》是人與天爭，人之「有慾」與天之「無意」相互的拉扯，《來我裙子裡點菸》則是女性的自我意識的完全抬頭、膨脹，點點滴滴訴說「我」對「你」（不限定的客體、想像中的異性）的整全庇護與包容，因此，詩作中往往出現令人匪夷所思、費人疑猜、讓人非非綺想的語言。

月蝕，水母都醒了／你知道你擁抱的是／自己的軟弱。來吧，鑽入我／變形蟲花色的裙子／無論你想跳舞、或流亡／至少我可以掩護你／成功地點燃一支菸

〈來我裙子裡點菸〉

到我這裡／我的玻璃乳房有黑色的愛／且，即將天亮

〈語言的窗牖之間〉

我們原是兩間相望卻不能相渡／綠瓦青石的廟宇，不能擁抱／木魚篤篤的超渡聲是穿石的滴淚／風，吹散，淚水流經／我低下來的肩胛／灑在你轉身時的脊背

〈你是我搖搖晃晃的山海經〉

從一個綺年玉貌的女詩人作品裡，讀者讀到這樣的詩句：來我裙子裡點菸，玻璃乳房黑色的愛，淚水流經我的肩胛你的脊背。會不會將實際的「我」置換爲詩中的「你」，搖搖晃晃的思緒落實爲搖搖晃晃的步履，錯以爲自己眞是詩人的山海

經，上天入地，神話自己？

通感，置換，易位，設身，隱身，化身，面具，移情，交流……詩人會有許多設計對話的方式，模糊了眞實的我、肉身的你，挑動了敏感的神經，點燃了睡著的休火山：全部的非隨意肌與鄰近的隨意肌。

所以，《春天人質》是《來我裙子裡點菸》的鏡子，《來我裙子裡點菸》橫溢著春意，只是不知道你是誰、我是誰。詩人隨時在通感，隨時在置換，隨時在易位……，你能夠不隨時在設身，隨時在隱身，隨時在化身……？

因此，《來我裙子裡點菸》是《靈魂藍：在我愛過你的廢墟》的鏡子。詩人那麼清楚的標舉出，變形蟲花色的裙子已經是廢墟，不再橫溢著春意，只是仍然不知道你是誰、我是誰。或許你、我已經不是「人」的「質地」，不是隨意肌、非隨意肌的肉身的你。

《來我裙子裡點菸》的你，可以是同時擁具隨意肌、非隨意肌的肉身的你。《靈魂藍：在我愛過你的廢墟》的你，被擢升爲可能飛舞、可能沉思的靈魂，當然，也讓靈魂是可以感知的而且是可以被看見的藍。

正如劉曉頤自己的剖析：作爲一本情詩集，《靈魂藍：在我愛過你的廢墟》仍以世間所謂的愛情爲主軸，但已延伸至更廣義的愛情——靈魂鄉愁。

劉曉頤拈提出「靈魂鄉愁」，而且關於「靈魂鄉愁」與情詩書寫的繫連，劉曉頤很難得的也釐清了自己的思路：

情詩書寫，除了以所嚮慕的人與愛情本身為對象，更深層的需求是靈魂鄉愁——像從漫天星斗中尋找可能的道路，每條路都通往回鄉的可能。雖然內在深處的靈魂鄉愁是永難真正填補的，但藉由追尋與創作，總有片刻止住了內在動盪，療癒了疲憊的靈魂。

愛情，尤其未竟其成的戀情，之所以總令人山高水長地追念，很大成分很可能正在於：戀慕對象呼喚著人們內在潛藏的靈魂鄉愁。當然，靈魂鄉愁的對象未必是戀人，也可以是土地、斷代，或者懷舊物，而無論為何，關鍵總在於形上——在特定的人、土地、事物輪廓上，認出自己聲帶的顫音；在種種不確定的存在處境中，辨識出一種容許身心暫時棲居的安定感。

當然，我們或許可以繼續追問《靈魂藍》裡的詩篇：情詩若是「靈魂鄉愁」的鏡子，那麼「靈魂鄉愁」會是誰的鏡子？

III、鏡／鏡中鏡像

我們以鏡來敍說鏡與鏡中影像，但這裡的鏡不是平面鏡子，平面鏡子反映的是左右相反的影像，絕不會有上下顛倒、前後相反的情形（舉手向上、鏡中人亦舉手向上；向前跨步，鏡中人亦向前跨步），詩人寫詩，不會單純只讓詩與現實左右相反而已，那是不動腦筋的平面鏡，盡職於纖毫畢露，卻忘了左右有別；當然也不是凸透鏡、凹透鏡之流，刻意縮小他想縮小、放大他想放大的；更不需要是放大鏡、顯微鏡、望遠鏡，只用一種觀點看世界，難以宏觀、微觀兼陳。

詩是三稜鏡。

劉曉頤的詩一直是三稜鏡，而且只能是一副屬於劉曉頤的三稜鏡。她的詩沒有不經過那一副屬於劉曉頤的三稜鏡而折射。

現實的光照在她的詩的眼瞳，立即會自動分解爲不同的光譜，她看見的光的波長不同於一般人的波長，即使如此，她還要微調角度（angle），讓不同的折射率產生異於常人、常態的天使（angel），任性展現她的韌性，也任性到毫不在意折射時可能造成的損耗度。因此，一束地球上凡常可見的太陽白光，在她的三稜鏡下，色散爲異常的彩光，我們是被異常的彩光所吸引，信賴這彩光，已經無法再去回復，再去逆溯，昔日習知的那一襲白光。

甚至於不再相信那一襲白光。

《靈魂藍》六十六首詩裡，或許只有一、二首是屬於從現實發想的作品，大約都放在卷一〈在我愛過你的廢墟〉裡，如第一首的〈這是好宅〉，圍繞著現實的家屋，寫出愛的滿足，詩中的「你」是婚約中的你，詩中的氛圍卻是童話般的夢幻，寫到「性」，直白的用了「性」字，卻讓人感受著純眞天性的那個「性」：「唯早晨落地窗外的綠樹搖晃／帶給我一點蜂蜜色的幻覺，但陽光是真實的／它以被忽略的傷感呼喚我想念你的性——／／你純真的性是清澈的晨星／稍縱即逝，但每天都有一次的升起」。另一首〈綠色小屋〉，寫原生家庭融融和樂，處處呼出綠色春天的氣息，六十行的詩章裡用了二十個綠字，醒目但不扎眼，變化多所以不單調，超脫字義學、文法家的制式規格，最後的結束語：「他們祈禱：／花開遍了，還要有很多的蠻荒路能走」，彷佛又在遙相呼應卷名、集名的「廢墟」，雖然這詩裡的「蠻荒路」是等待開拓、等待開花的綠，雖然這集裡的「廢墟」是自己身體的暗喻。

這是最爲現實的劉曉頤這本詩集的「空間」，從可以推開門的殘破身體，到家屋，到城的廢墟。有了卷一的廢墟空間，猶能長出卷二的「決志」：〈我想爲了一隻翠鳥一病不起〉，信任靈魂自有靈魂的生命力，那是不同於肉體空間的平行線、平行面、平行體。

卷二的主題詩〈我想爲了一隻翠鳥一病不起〉，翠鳥、青鳥，呼應著綠的小屋的綠，或許，這綠，在劉曉頤的世界是平和的、寧謐的幸福顏色。爲了這樣的一隻翠鳥，我寧願一病不起。在理性與邏輯上，這兩件事不能繫連，但在感性與同理心上，卻是令人感動的。這就是劉曉頤心中所謂的靈魂鄉愁，靈魂與靈魂的相互偎依，靈魂與靈魂共同尋找的那個「鄉」的所在。這時，泯除了翠鳥與我的「物界」，那就更不用提你我的「性別」，可笑的「國籍」！

依序發展，卷三是〈發光的流亡地〉，主題詩末兩句引用費德雷・帕雅克（Frédéric Pajak，一九五五～）的話：在發光的流亡地「你內在的死者顯露出／活著」，流亡地而能發光，死者與活著就不具區隔的必要性，生死的界線也泯除了！因而，卷四的〈天使的負數／還是天使〉的正面思考，就能給受傷的靈魂足量的寬慰了。

這就是劉曉頤的詩，以鏡去映照現實，讀者要從鏡中鏡像的彩光中看見生命的某種眞實。

Ⅳ、鏡中鏡像／鏡外境

詩人以三稜鏡去折射天工自然或人工現實，顯現爲鏡中鏡像的詩文字，讀者閱讀詩文字，感受詩人有如上帝一般所創設的天地、人間。即使是那一處詩人所創設的天地、人間，卻還不是詩人所期望於讀者的、長久棲止的所在。特別是劉曉頤的《靈魂藍》。詩人創造了屬於她個人的鏡中鏡像，她需要你蒞臨的卻是鏡中鏡像之外的鏡外境。——或許還需要一副三稜鏡，屬於讀者個人獨有的三稜鏡，詩人三稜鏡之外的三稜鏡。

如果說《來我裙子裡點菸》是女性自我意識的完全抬頭、膨脹，點點滴滴訴說「我」對「你」（不限定的客體、想像中的異性）的整全庇護與包容。那麼，劉曉頤的這部《靈魂藍》則是靈魂與靈魂（不分彼此）相呼相偕尋找返「鄉」的路，也是靈魂與靈魂（沒有貴賤）相呼相伴尋找鏡外「境」的驚喜。

光線經由空氣進入詩人的三稜鏡，又從三稜鏡進入凡常的空氣，再進入不同讀者的三稜鏡，你也會發現《靈魂藍》的殊異彩光。

文成之時・二〇二〇・驚蟄之日

化學著自己．立體了詩

二〇一六年六月，林秀蓉出版她的第一本詩集《荷必多情》（秀威，二〇一六），距離她初寫的第一首詩〈那羅櫻花與烏鶖〉（寫於一月底，發表於五月的《華文現代詩刊》第五期），只不過是一年半而已，可以想見那種寫詩初成的興奮與喜悅。出版第一本詩集至今（二〇二一年十二月），她準備推出第二本詩集《向海邀支舞》（彰化文化局，二〇二二），則是沉潛了五年半的歲月。

第一本詩集聚焦於荷，詠物以抒情，各詩題目簡單得只安置了單一名詞，諸如：花旗木、草悟道、翡冷翠、螢火流光、相思進化論、詩人的銅雀臺。形容語的限制、動詞的狀態敘說，能省則省，可略就略。第二本詩集則是《向海邀支舞》，指向地球上最大宗的大自然——海，而且有著擬人化的美的弧形的彎腰動作——邀支舞，讓人不自覺地期待著天人共舞、乾坤同賞、時空穿越的傳奇。至於詩的題目，那就眩人心目了：離別是永遠的折子戲、水漾蠡澤、雨在靜謐處盤旋、因爲秋天所以綠世界、晴空琵琶湖等等幻彩都一一出現。

這五年，詩人如何滋養自己，形塑自己，栽培自己？

我雖是八卦山養成的愛詩人，但我不八卦，無法從詩之外找到答案，但仔細閱讀《向海邀支舞》，我們了然了，了然於向海邀舞的林秀蓉如何化學著自己、立體了詩！

其一、她向不同的海邀了舞

那麼明顯，那麼坦承，她在〔輯一：向海邀支舞〕中就顯露出自己的改變，海舞了起來。

這「海」有三座。

第一座是語言之海

在這冊詩集裡，她嘗試了「河洛話」寫作，林秀蓉出生於宜蘭，宜蘭是漳州話最純正保留的地方，獨留自己老家的氣口而少參雜他人的聲嗽。目前雖然只有少數兩三首，還看不出她個人的特色，但勇於操作不同的語言是詩人成就自己的必要曲徑，這裡的「不同的語言」還包括長句短句的變化，大篇小章的學習，國語臺語的轉換，抒情敘事的改弦易轍，甚至於風格的建造與突破。詩人要嘗試改變自己的語言，變身也變聲。

林秀蓉跳入了語言之海，自我學習以不同的泳技泅向彼岸。

第二座是詩獎之海

輯一詩作的最大特色，是她將這五年來參與詩獎的得獎作品很興奮地呈現給你，你才發現濁水溪南北兩岸都有林秀蓉勇敢踏查的腳跡，收穫還眞不少，表示她的詩作得到評審的肯定。投入詩獎，顯現一種決心，必須講求技巧與架構，不是隨意坦露眞誠就可以得獎。

林秀蓉投入了詩獎之海，她在其中揣摩新詩寫作的新技藝。

第三座是眞實之海

從風雅頌開始的詩歌書寫，不外乎草木蟲魚鳥獸，但也僅僅止於草木蟲魚鳥獸，占據地球表面十分之七的大海，我們只書寫溪河裡也有的活跳跳的魚蝦嗎？那廣闊的海平面，那兼天而湧的驚濤駭浪，那海底的礁岩，那鯨豚，那歷史滄桑的山海變易，更値得詩人轉換爲意象。

從島嶼望出去，海與洋會將我們帶向奇異的世界，會將我們的思想情義漾成汪洋大海。

恭喜林秀蓉向大海邀來第一支舞，海一樣舞起來吧！

其二、她向美遞交邀請函

〔輯二：水雲深處抱花眠〕與〔輯三：海之三疊〕，承續了首部詩集的美的傳遞。先看輯二的詩作，可以說是花的美好的發現，水雲深處抱花眠的恬適與如意。就一個信奉美的使者而言，花是最好的媒介，這部分的創作當然也是林秀蓉所駕輕就熟的，是她的生活與藝術的結合，是心靈與眞實的觸動，這次她稱之爲「恬淡韻彩」，「含苞待放的哲學」。

一路所聞，茶與菊香
我們輕啄了兩下恬淡韻彩
南下那麼長，北上這麼短
剛好摘一朵含苞待放的哲學
讓你的大千世界綻放在我掌心

〈奉茶〉

輯三則離開自己所熟悉的美，遠赴他方，行旅間發現另一種美，是熟悉的美的延續，也可能是陌生的美的撞擊，她稱之爲海的三疊，出之愈遠，應該愈有新的觸動或發現。

蟬鳴的壯志等著秋日
收割預言，奇蹟捲土重來
拄著星辰一絲幽光潛行

〈轉角以後〉

這是她在德國，不甚熟悉的所在，可能有的驚喜，一種生命共通的本質或疑惑的沉思，詩之成長的另一種可能，因而質變了原來的自己。

其三、她向詩人呈上橄欖枝

眞正質變了原來的林秀蓉，很大的力量很可能來自她對詩的眞正投入，在輯一中她不怕失敗，勇於參與詩獎，磨利自己的語言；輯二這輯，同樣是花卉之美，卻力求以陌生化的眼光去探看；輯三，她出巡遠方，不怕殊異，異地裡有了思考的機緣；最大的衝擊，卻是人物、書籍的親近、認識，讓她的詩有了化學性的變化，輯四所寫的作品集中在人物的觀察與互動，包括同儕、詩人與藝術家，特別是閱讀詩人，來回思索，再以詩回饋、以詩見證，彷彿茶的發酵，酒的醞釀，彷彿浪的鼓盪，月的反光。

一、蘇紹連：

關於坐在岸邊的我／網羅詩落世界的蛛絲馬跡／默默組裝零碎的時間，滴著汗／拼湊一張「詩還沒變成獸」前的地圖

〈以時間為名〉

她在閱讀蘇紹連詩集《鏡頭回眸——攝影與詩的思維》、《時間的零件》、《時間的背景》產生的時間的惶惑與思考，完全脫離生活中的日常場域，思索軌跡，詩與獸的思理的撕扯。

二、卡夫：

一個今天，所有的昨天都是昨天了

卡夫〈永夜〉

霧將走散之時／請向光的遠方停息……眾口發聲　我不發一語

〈讀你，生命不過是一首詩的長度〉

卡夫（杜文賢，一九六〇～二〇一九），新加坡詩人，與臺灣現代詩壇往來密切，二〇一九年一〇月因胰臟癌過世，林秀蓉選用卡夫的兩句名詩「生命不過是一首詩的長度」、「一個今天，所有的昨天都是昨天了」，重新斟酌自己的生死觀，哀傷生命的無常。

三、林彧：

故事，一個個從魔毯上出走／灑脫讓記憶飛飄，剝離虛妄糖衣／闊步縱橫，誰謂茶苦？茶香？／將半壺濃霧斟入杯中／獨自，咀嚼夜的苦澀

〈夢要去旅行〉

林彧（林鈺錫，一九五二～），因爲中風，返回老家溪頭隱居，不與世俗往來，只在臉書上貼詩鋪文，引起極大迴響，擁有衆多粉絲，中部詩友常往探視，後來，閉關更嚴，遂與外界隔絕。林秀蓉住居臺中，先期有探視之便，聽講文壇掌故，感慨必多。

四、林廣：

林廣本無疆界，以詩渡河／捻心靈無量的光為槳／探一探，深淵情緒起伏／蹁躚五感，鼓動翅翼／划開凝固目光，共鳴想像

〈以詩為渡〉

林廣（林啟銘，一九五二～），曾任教於宜寧中學、立人高中、衛道中學、普臺高中、弘明中學等校，熱心指導學生作文，利用網路推動現代文學，十分熱誠、積極，卓著成效，此詩意象正表現出林廣指導創作的主要內涵與精神。

五、白萩：

曠野上，那株孤獨的絲杉／仍然想握一顆北極星／握一個，流浪的宇宙

〈光耀的薔薇：記詩人白萩學術研討會〉

白萩（何錦榮，一九三七～二〇二三），前輩詩人，早年曾加入紀弦「現代派」，覃子豪《藍星》詩社，接任《創世紀》編委。一九六四年與陳千武、林亨泰等人創辦《笠》詩刊，晚年健康情況漸差，二〇一六年三月中興大學舉辦白萩學術研討會，讓林秀蓉感受到前輩詩人的光芒。

六、岩上：

九九峰下白雲泉／一分淡定，九分閑適／／茶香傳來淡淡溫情／詩裡，自有一切答語

〈訪詩人岩上老師〉

岩上（嚴振興，一九三八～二〇二〇），早年曾創辦南投《詩脈》詩社，主編《笠》詩刊，活躍於中投地區，晚年定居九九峰下「上珍苑」，出版《詩病田園花》，中南部詩人時相拜訪，談詩論太極。

這部詩集所觸及的詩人尚多，甚至於延續到附錄的〈春風鳥自吟〉，還有說不完對長輩文學家的尊崇之意，這就是林秀蓉，向海邀舞，向花要色彩，向詩人問詢智慧的脈息。這部詩集可以說是林秀蓉的成長、學習之旅，在抒情、詠物的基礎上，又敍事，又愛智，感性與知性兼具，豐富與丰采共同揮揚，在臺灣詩壇舞出山之仁、海之智的新彩。

二〇二一・八・十八

不是頑石卻住著頑童，所以有詩

兒童文學作家、師範學校出身，從小學教師一直栽培自己成爲文學博士、大學教授，夏婉雲即使在和尚圍坐池邊爲衆石說法的那當下，她想的卻是：

池底的大石如果突然歡聲舉起，會不會溫暖了身旁的桃樹，會不會桃花忽然旋飛如雨？

單單這樣的念頭，一起，就是詩了！

關於花蓮，我們一直唸著洄瀾，踩著大理石，讚嘆太魯閣、立霧溪，想著楊牧、陳黎、廖鴻基，以及他們的鯨豚、海岸線，一直拉到心底。

心中住著頑童的夏婉雲卻給我們「別樣花蓮」，讓我們聞到竹葉香——她童年的外衣——「別樣詩意」。

別樣，別跟別人一個模樣。所以，詩。

二〇二一．八．二十一

你，不只是面具更是詩的靈魂

詩人使用代名詞（你、我、他、它、牠、誰），不只是文法學家所慣用的那種借代性效果，一般評論者都會說，這些代名詞都是「面具」，面具有面具的戲劇功能（如中國戲劇的臉譜、日本能劇裡的面具），當然也有它現實裡的僞裝效果、遮蔽作用。

文法學家心目中的代名詞通常用來代替句子中先前提及的名詞（包括名詞片語），這個被替代的名詞叫做先行詞，原來是爲了避免這先行詞一再重複出現。譬如說：**「每一滴水都有它自己的情義」**，「每一滴水」就是先行詞，這句話的主詞，如果不用代名詞「它」就會累贅成「每一滴水都有每一滴水的情義」，後續的詞句可能也會一再出現「每一滴水」「每一滴水」，累贅而煩心。所以號稱用詞經濟而適切的現代詩，豈能不用「代詞」！

詩人應用的代詞，有的很清楚可以立即辨識，如先賢周夢蝶的〈樹〉中的「你」：「等光與影都成為果子時，／你便怦然憶起昨日了。／／那時你底顏貌比元夜還典麗」（《夢蝶全集．還魂草》，頁一五八），因爲題目早就先行標示了樹，讀者容易繞著「樹」翻飛思緒。但是周夢蝶的詩並不全然有一個昭明的先行詞在詩篇前後出現，如〈九行〉中的「你」出現在第一個字：「你底影子是弓／你以自己拉響自己／拉得很滿，很滿。／／每天有太陽從東方搖落／一顆顆金紅的秋之完成／於你風乾了的手中。／為什麼不生出千手千眼來？／既然你有很多很多秋天／很多很多等待搖落的自己。」（《夢蝶全集．還魂草》，頁一五一）這個「你」底影子是弓，風乾了的手中可以完成秋，彷彿可以生出千手千眼，擁有很多很多秋天，那麼這個「你」所指稱的，到底是何人、何物、何事？或者哪種人生理想、生命藝術，抑或是周行不殆的乾坤天體？給讀者留下極大的冥想空間。

最近讀龔華七十後的《如果你不曾來過》（秀威，二〇二二）詩稿，集名就出現了代詞「你」，這個「你」所指稱的到底是何人、何物、何事？或者哪種人生理想、生命藝術，抑或是周行不殆的乾坤天體？

二〇一五年之前，我一直認爲龔華是十足感性的黛玉型詩人，但她當時執意轉離營養學系、外商體系的職場經驗，報考文化大學中文研究所，我其實有些擔心她的體力負荷與知性的駕馭功夫，但她以五年的時間磨成碩論，出版專書《詩人梅新主編《中央副刊》之研究》（文訊，二〇二一），獨見其史料之蒐羅宏富，論述節奏之層層轉進，身在梅新編輯團隊之中猶能超然於團隊之上的娓娓論述，頗有驚豔之喜。二〇二一年底，接讀《如果你不曾來過》詩稿，一番學術洗滌後的清新理路展現在她的輯名安排：輯一〈如果你不曾來過〉浮現出一些隱晦的身影、一些終極的理想；輯二〈輕煙在遠處〉則將最貼己的病痛推極到遠處勘探；輯三〈時空旅人〉更抽遠自己的視矚，回頭審視一生中的旅站光影；輯四〈午後熱浪〉卻又拉近距離，感受生活裡的香甜辛辣，雜陳五味；輯五〈賞月人語〉則擴大了人世間生死的觀察與省思，盡是悼亡的悲憫之作。這五輯詩作的安排與分類，彷彿是生命的回聲與呼應，具全了情意的悸動、知性的靜定與思維。

因此我更相信輯一〈如果你不曾來過〉的「你」，應該不是文法學家心中簡易的第二人稱代詞。這首輯名、集名的同名詩作〈如果你不曾來過〉，結束於「**一輩子了／我寧願也不情願／你不曾來過**」的矛盾語，更讓讀者感受那種宿命卻又無可如何的深情，既疼惜又惋惜的奈何不得的情意。

〈如果你不曾來過〉，因爲詩中出現「蔗田」、「蔗花」、「五分車」，我們會以為是龔華懷念長年生活在新營糖廠的父親、兒童詩家薛林（龔建軍，一九二三～二〇一三），但卻出現「如果／你不曾來過／誰會懂得什麼叫做虛無」，「終於／駛向遙遠的誓約了／甜甜的暮春裡／我們卻無法彼此相認」，間接否認了這種可能。

你，出現在輯一裡十四首中的九首：〈如果你不曾來過〉、〈白色密語〉、〈手套〉、〈那時，我還牽著你〉、〈那時，我總寫著你〉、〈巷口〉、〈未結束的草山故事〉、〈從後現代裡逃亡〉、〈一首跋〉。另外有三首〈冬青樹〉、〈初雪〉、〈港邊〉出現的是女字邊的「妳」，我們可以確認是作者龔華的自我與內在的自己，深層的對話，一如〈告解〉出現的「我」。在這輯中，唯一未出現「代詞」的詩是〈暮色〉。這樣頻繁出現「你」的現象，不曾出現在其他四輯作品中；出現在其他四輯中的「你」，都可以找到原該出現的先行詞。——所以，輯一的「你」自有深義，讀《如果你不曾來過》，從輯一開始，不可錯過的，要跟詩人一起回想的，就是這個「你」，非單義，不一定實指，也非不一定實指，可能引觸到讀者心中私密性的另一個「你」，左思右想卻也扣合無間，這是龔華詩的美妙在此展翼。

那年／我還不知道什麼是詩的顏色／……／你穿戴潔白的制服／在暈眩的舞池

裡巡航

〈白色密語〉

你從未料到親手包紮的是／組裝又拆解的命運／……／我彷彿看見你的倦容／
流落在一個很難對焦的鏡頭裡

〈手套〉

夜如斯文的怪獸／輕巧獨行／劃過你名字的銀桂／何以碰撞碎裂／如秋天裡的
雪花

〈那時，我總寫著你〉

你曾說／若別離／銀河系的小星球／將瞬間毀滅／……／不經意或刻意／連同
依例離別的火種／殞落自宇宙的／還燃燒著

〈巷口〉

只有你／獨自守候那年親自栽種的詩句／在草山的秋陽裡生出更濃密的銀穗
／……／只有你／聽得見化石紋路裡脈動的心跳／細訴尚未結束的草山故事

〈未結束的草山故事〉

我們占領天空／在油菜田裡／彩排青梅竹馬的童年／再盡情揮霍幾生幾世吧

〈從後現代裡逃亡〉

山坡上忍眼看／你薄如灰的身子骨／夾在世紀厚重的詩頁裡／山澗飛霧激越處／未竟的詩句長成松杉

〈一首跋〉

基於此，「你」，在龔華詩中，不只是詩的面具，確確然是不可輕忽的詩的靈魂。從龔華的「你」，你是否也找到、也念及讓你舒服的磁場、讓你舒服的頻率、讓你舒服的意象、讓你舒服的心靈的那個「你」，非單義，不一定實指，也非不一定實指，專屬於你的那個「你」！

二〇二一・歲末冬至

從錯置的「錯」理出交錯的美好

I

我喜歡蕭嫚（陳麗紅）這句話：「從錯置的地方醒來」，這是覺醒者的話。

教育家知道，從《易經．蒙卦彖辭》「蒙以養正，聖功也」得到的啟示，就因爲他是童蒙，所以老師要啟創他、開發他，養成他主動學習的正確態度，甚至於從此養成他正確的人生觀。儒家文化相信，童蒙時代如果能培育出正直無邪的素質，那就有可能造就成聖人的功業。多大的理想與抱負啊！「蒙以養正」的「蒙」是蒙昧無知，一切空白的時期，所以值得我們去協佐、輔佑、導正；蕭嫚的「錯置」則是已經錯了位置、慌了手腳，是不是就更應該自己定下心來，主動導正，自我覺醒！

其實，宗教家也相信，就因爲處在「迷」的時段，所以才會有尋求「悟」的可能，「迷」時，佛是衆生，「悟」時，衆生是佛。蕭嫚的「錯置的地方」就是迷失的時候，「醒來」也該是悟通的那一刹那。佛家信仰者都會接納釋迦牟尼佛在菩提樹下成就正覺時的慨嘆：「一切眾生皆具如來智慧德相，只因妄想執著，不能證得；若離妄想，一切智、自然智、無礙智，即得現前。」

教育工作者的「蒙以養正」，宗教修行者的「離」「妄想執著」，都要靠自己「醒」過來！只是俗話也說：裝睡的人，叫不醒。

蕭嫚顯然不敢裝睡，她在事業有成之後，檢討自己曾經錯置的人生片段，檢討自己曾經誤入的歧途，清醒地導正了方向，寫成了詩。《從錯置的地方醒來》，年過半百的人的第一本文學作品。

II

閱讀她的詩集，會發現，集子裡她表現的是一種警惕型的詩觀，自覺式的反思，譬如沉澱詩情的內在衡量：

混沌的汙水／輕薄滯留水面／乘載的重量／難以掌握

〈沉澱〉

譬如字句的絢麗能否企及詩意境的尋獲：

一朵雲疊層一朵雲／一個詞接著一個詞／一件衣套上一件衣／／總是這樣反覆著

／就說看不出意境的詩／也只是遊走字裡行間／替文字彩繪顏色罷了

〈遊戲〉

《從錯置的地方醒來》，有著清晰的調性，關於歲月、情愛、女人心，捨與得的斟酌，其中熨貼著風與月的冷眼旁觀，詩與愁的熱誠辯證。她，直接寫「月落入浮雲／風貼近窗簾」，好像事不關己那樣淡然。她，挑明著說「題在紙張上的詩／寫不到盡頭的愁」，將心事就攤在陽光照得到的地方晾著。

她，牽眞的呼喚：

女人呀／穿透著鏡子／找青春
女人呀／像翻湧雲海／漫飛在滾滾紅塵中／只為千年愛情

III

有一首以〈容顏〉爲題的詩，以墜落的花瓣，殘留餘香，卻在風中飄零爲喻，又以夕陽餘暉，浮貼在妝臺鏡面，尋找青春爲象，詩的內文清楚標誌著「女人心」，這種同質性的對舉，是《從錯置的地方醒來》最常見的寫作技巧。小型的，如〈影子〉裡有這樣的句子：「寫的詩／有你而雋永」，「執筆的心／戀你而順應」；〈封鎖〉

裡有：「關上門／擋在外面的是風」，「封了心／綁在歲月的是憶」。複雜一些的，兩段對舉，如〈花語〉裡，窗外的「蒲公英」與心裡的「紫羅蘭」，如〈走過〉的「天上的雲」與「等待的心」，如〈渴〉詩中的「穿透夜裡的風」與「思念情人的心」。

初寫詩的蕭嫚，找到了正確的形塑詩之張力的那兩股力勁。

有時，她還勇敢地發展為三段式的推進渦漩，如〈迷惘〉的「一朵雲，懸在天邊」、「一株玫瑰，開在園圃」、「一段戀情，觸在緣起」，從天而地、而人，三才開展。如〈慟〉詩中的「灰濛的天／沉甸的心」、「抹不淨的塵／揮不去的夢」、「凋謝的花／枯竭的葉」，雙層次的映襯力展現她開疆拓土的壯志。

這就是蕭嫚，將生命力的養正之功，謹飭收納在詩的「創作操」中。

但是，生命與詩相類，因此，伸展筋骨進而連結梵我的瑜伽（yoga）思維，在如此節制而正直的詩路上，其實可以漸漸滲進生命與詩的肌理，延展他的筋脈。蕭嫚終究會發現，詩有著屬於自己的核心肌群，詩有著屬於自己的由內而外的緊實功夫，詩，有著屬於自己的安心冥想的無盡天地，不急於向繽紛、向五光十色、向急管繁弦，投遞訊息。

IV

那麼，回到我們喜歡的這句話：「從錯置的地方醒來」，這是覺醒者的話。——

但，冥想的過程，可以再覺醒一次嗎？

錯，原來是磨刀石、琢玉石，《詩經．小雅．鶴鳴》：「他山之石，可以為錯。」這「錯」，這「磨刀石」，這「琢玉石」，是將斑點、汙穢、瑕疵加以清除，它不是壞的、髒的、不正、不對的代名詞。

甚至於「錯置」這個詞，原來只是安置的意思，《論語．顏淵篇》我們讀過的「**舉直錯諸枉，能使枉者直**」，就是舉用正直的人，將他們安置在邪曲者之上（諸，是「之於」二字的合音），久而久之，他們可以導正風氣，能使邪曲的人也變成正直。「錯置」竟然可以是中性的「措置」。所以，「**從錯置的地方醒來**」，是我們應該在任何我們曾經面對、處理、應變、校正的地方醒來，我們曾經以人工加之於自然事物上的地方，醒來。

錯，還有一個相當美麗的意思，那就是「交錯」，觥籌交錯的「錯」，車錯轂兮短兵接的「錯」，交錯爲文的「錯」——豈不更美？所有我們認爲錯誤的地方，說不定只是「交錯」的那一瞬間、恍惚的美，交會時互放的光亮！

醒來，蕭嫚可以藉冥想醒來，我們可以藉蕭嫚的詩醒來，再次醒來。

醒來，原來以爲的差錯，也不過是交錯的錯。

二〇二二・四・十八・穀雨前

回望遼闊・從愛醒來的丁口

認識「丁口」這兩個字，很早，早在小學時代，村子裡歲末酬神演戲，主其事的爐主會派人逐戶逐家收丁錢，我們家八口人家，上面註記的是一丁七口，只有爸爸是這個家庭的男丁，我們十五歲以下的兄弟也跟祖母、母親一樣，歸屬女口，「丁口」，不就是男丁女口？

這裡要說的是《從愛醒來》這部詩集的作者「丁口」，但我沒見過面，我見的是育達商業科技大學的校友張瑞欣。

二〇一一年四月二十九日育達科大舉辦「瘂弦學術研討會」，余光中先生主題演講〈天鵝上岸，選手改行〉，白靈發表〈持「序」不斷——瘂弦大序中的虛靜美學〉、陳義芝發表〈詩人批評家‧‧瘂弦詩學初探〉，瘂弦也從溫哥華回國參加盛會，瘂弦曾擔任育達駐校作家兩年，會議空檔時，張瑞欣以學生身分跟老師有著短暫的晤談，就是那時見到張瑞欣，二〇一一年她應該是元智大學中文系碩士生，正準備思考以瘂弦作爲研究客體的論文，她自言曾參加林煥彰的「行動讀詩會」，喜菡的「文學網」，蘇紹連的「臺灣詩學．吹鼓吹詩論壇」，學院訓練與實務操演，二路並行，詩的基礎功下得紮實。那時，她未提及「丁口」之名。

可惜，育達「瘂弦會」一散，珍珠各自滾落，奉瘂弦之名寫詩、出版詩集的年輕晚輩，少了！丁口卻在兩次出版的詩集中都提到與恩師瘂弦的互動及影響，第一本詩集《遼闊集》（讀冊文化公司，二〇一七）〈自序〉中曾言：

「筆者在元智大學就讀中文所，其論文題目為《瘂弦詩歌書寫策略：鄉愁、異鄉、現實關懷》，受到恩師瘂弦老師的影響深刻，鄉愁的主題散見於此詩集。他不僅影響筆者詩歌創作風格，在《記哈客詩想》：『詩是以抒情為主的文學類型，同樣也應該講求細節的藝術』，對於文字書寫的謹慎，更影響做人處事的態度，應以虛懷若谷來看待詩歌創作，更常提醒筆者，認真體驗生活，才有新穎的題材。……在〈鄉愁射進胸膛〉是透過書寫來表達對祖父的思念與瘂弦老師的栽培之恩，許多故事是祖父或瘂弦老師對我說過的故事。」（《遼闊集》，讀冊，二〇一七，頁八～九）。

這一次的出版，仍然在序文裡以「淡泊明志，寧靜致遠」繫連起祖孫與師徒情懷。（《從愛醒來》，讀冊，二〇二三）。

我無意暗示丁口與瘂弦詩藝的承傳，只是感受兩部詩集裡隔代的那種祖孫情。丁口詩集序言中，時時提到書法家祖父的庭訓，以及育達客座教授瘂弦的鼓舞（瘂弦與丁口的年歲正是祖孫的差距），很難得的隔代教養在詩壇中隱然成形。

閱讀《遼闊集》，才知道·張瑞欣的祖父在學名之外還賜給她「欣生」與「丁口」的名號，她選用了「丁口」二字。——丁口，筆畫簡單，依姓名筆劃序排列，不數一，也數二。——更深入理解，「丁口」不就是男丁女口，不就是平凡的「眾生」，或許也呼應了她祖父給她的另一個字號「欣生」——欣然以對眾生，欣欣然與眾生相對。所以在她的「丁口」ＦＢ簡介是以「平凡」作爲詩的起點：「**因為喜歡白居易的平易近人，所以平凡也是詩；因為喜歡杜甫的國仇家恨，所以……**」所以，她的下一步是鄉愁、是時代的創痛？

丁口的祖父大名張振亭（號一白），那「亭」字就藏著「丁口」二字，是祖父的寄望一直那樣深切嗎？或者是丁口的體會也就跟著祖父深切：「**詩歌書寫是回歸心靈的樸實及對萬物的尊敬**」？

《遼闊集》之初聲已見丁口之不凡。

《遼闊集》，丁口的第一次出手，竟然是整部詩集都以「組詩」方式呈現，早期洛夫（莫洛夫，一九二八～二〇一八）的《石室之死亡》（一九六五）、《外外集》（一九六七），即是「組詩」的最早嘗試作品。東方詩人擅長以精簡涵容繁複，以收斂約束狂放，以「一」吞吐一切，以「白」留存繽紛。中國的絕句、律詩不過是四行、八句，或五言、或七言這麼少的字數；日本的和歌（短歌）約有五句，每句是五音、七音（日本音）相交錯，一首也不過是三十一音；俳句更少，五、七、五，十七個日本音即成；神秘的古印度或許以史詩見長，獲得諾貝爾文學獎的泰戈爾卻是以小詩爲世人所讚賞：「**當你為錯過太陽而哭泣，你也將錯過群星。**」《漂鳥集》——群星，比起太陽，是那樣細碎、繁多、遙遠而美！

《遼闊集》，雖然分爲三卷，但不取卷名，卷內所有的詩作都以「組詩」型態簇擁詩意，有的編號＋小標，有的只以編號註記，有的文字爲題、棄用數字。組詩，應該就是群星的有機組合，每顆星都有自己的結構體、都有自己的彩光度、都有自己或長或短的星芒，是小詩的精緻經營者，但內心又有龐大的泉源不時激噴而出，巨大的光源隨時在縫隙間閃亮。但是，眾多的水流可以匯成江河，繁星的璀璨卻不一定聚爲太陽的光燦，所以，組詩的壘砌不等於長詩，組詩的成就在於小詩各自的輝芒，不同的組詩或許會有不同的高低成就、胖瘦評價，但比起長詩，她卻多了一種自在的喜悅。

《從愛醒來》並未承繼這種特殊的組詩方式，唯有〔卷一．花慈水悲〕裡的〈晨光之旅〉十二則五行詩、〈生活的侵襲〉十則五行詩，留有相當明顯的制式行數與編號，但因爲是生活的實錄，缺少批判的銳爪，未見突出的力勁。倒是〔卷二．青鳥銜枝葉〕裡的〈南國的暖暖〉，以八首詩轉化瘂弦詩意象，創作成篇，承襲前一部詩集向瘂弦致敬之意，當然，在借火的動機上已淸楚表達，但在取暖的鄉土精神上還需多所琢磨。其次，〔卷三．蝴蝶效應〕，顯示丁口企圖心之不可小覷，〈理論詩〉十六首，論情意上的古典制約、論美學的陌生化、論社會學的鐘擺效應、政治學的國家機器，不拘於傳統的論詩詩，架構龐大，但細膩度不足，需要更廣博的閱讀、觀察與思考再動筆，但小小丁口有此鴻鵠之志、驥驁之氣，或可期之於未來。這十六首〈理論詩〉都以「論」字爲題目之首字，尙有組詩的遺跡，其後的〈深海的豔美〉等十三首、〈前方的沙包是你的枕頭〉的七首詩，分別向同輩、前輩、國外詩人或詩篇，致意的作品，則已消除組詩的最基礎性設施，僅可視爲丁口對新詩的一番眞摯之愛、要與詩壇對話的虔敬之心。

如果說《遼闊集》是從父祖輩的草原遼闊中自行且有機似的認知世界，那麼，

《從愛醒來》則是回到現實的都城、生活的泥淖裡、衆人穿梭微塵的慌亂中，丁口選擇了心靈依傍的那個「愛」字，刻意要從此處醒來。

所以，詩壇，張開雙手吧！迎接一個自以爲平凡的丁口，其心卻一直在南冥、北冥遷徙的鯤鵬。

二〇二三・七・大暑・杜蘇芮過境

〔輯二〕

有松火低歌、燒酒羊肉的地方

張堃要在陌生的異鄉遇見熟悉的自己

二〇一六年剛剛出版新詩集《風景線上》的旅美詩人張堃（張臺坤，一九四八～），又要推出他的最新詩選《小站旅次》（A Little Station Sojoun），累聚這一生的精華心血於一集，當然是華文世界衆所矚目的英明之舉。此書，依其原詩集出版先後，定其卷名：〔卷一：練習曲〕（一九七一～一九七三），〔卷二：調色盤〕（一九八一～二〇〇五），〔卷三：影子的重量〕（二〇〇七～二〇一一），〔卷四：風景線上〕（二〇一二～二〇一四），〔卷五：小站旅次〕（二〇一五～二〇一七），依據這樣的秩序，可以看出旅美之後、二〇〇七年之後，張堃的作品持續成長，那是環境穩定、生活安定、心境寧定之後的靈性作品。依據這些詩集的書名，他從謙虛的練習曲開始，由簡單而趨向複雜，從純一走向多色相，而能調勻衆色於一盤。《影子的重量》則是標誌著潛入抽象性的思考，改變了思考的模式，願意站在穩而靜的位置，冷看世態留下的灼熱與塵灰，因而有了最新的風景線上、小站旅次的生命書寫。是的，生命就是一條不知終於何處的風景線，願意將隨處觀賞的過往都視爲風景，是通透的心境，願意將暫時的人生片段視爲小站旅次，暫時停歇駐足，欣讚風光，表現爲另一層次的通透的語境。這是人生勝利組的欣慰紀錄，我們也一起敞開心胸，領略幸福吧！

在《風景線上》出版時，我曾爲文推薦，認爲「詩文學創作不外乎書寫土地與書寫人性兩大類，沒有土地哪有文學與沒有人性哪有文學，同行而不悖。」同時藉著詩人張堃的大名「堃」字，「上爲二方，下有一土」，彷彿預言著他來自兩方土，似乎早已注定他的詩創作偏倚在土地的書寫與懷憶上，因而以此結語：「《風景線上》張望著的張堃，愁鄉又惜昔，人在美國新大陸的他，空間上愁鄉——既愁中國原鄉，又愁臺灣家鄉，兩方土，雙份愁；時間上惜昔，既惜舊物，又惜故人，兩方土，雙倍惜。惜是珍惜，愁是懷憂，《風景線上》盡是深情凝視。」這就是風景線上愁鄉又惜昔的張堃，這個「堃」字同於詩人本名的「坤」字，「坤」字含著空間的「土」、時間的「申」，這是愁鄉又惜昔相互呼應的徵兆吧！這一篇小小的推薦詞所強調的「愁鄉」又「惜昔」，其實正是張堃新詩寫作的主軸。

前兩冊詩集充滿時間的依戀，如《練習曲》裡最後收錄的就是〈時間〉，詩中首段說：「**假如時間是靈魂的生命／短暫的停留又匆匆的走開／我們決定跟著離去還是／駐足？**」表面上寫的是時間，實際叩問的是行旅的匆急。詩人謙虛，不以肯定句敍說，但其心意就是直指「**時間是靈魂的生命**」，詩，就是生命、靈魂的刻記，但終究跟時間一樣，任何一個場域、一個情境，都是「**短暫的停留又匆匆的走開**」，早已呼應著詩選的書名《小站旅次》。人生，何處不是小站旅次的記憶？這首詩的第二段開始的兩句：「**推開門／我在出入之間**」，見證著：張堃總是在燈亮、燈滅之際，總是在門裡、也在門外，這一站、那一站的旅次裡。

《調色盤》詩集開始，張堃已經在地球表面巡迴轉動了，收入在詩選輯二中的，就有韓國、倫敦、蘇州、巴黎，彷彿遺傳了前輩詩人張默（張德中，一九三〇～）的環球壯志。張堃的詩，很容易在空間的移動裡輕巧地進入時間的序列中，以〈在蘇州的一個晚上〉爲例：

趁著月色／走完一段青石路／我回到千年前／一個七言絕句的夜晚
莫非寒山寺不遠／唐朝就近了？

這樣的詩句顯示張堃容易跌進惜昔的回憶深情裡，容易借時以轉易情境，借境而穿透古今，詩中自然拉開戲劇的張力，引人一起跌入故事的氛圍，感受著相知相惜的感染力勁。所以，在〈油紙傘〉詩中，邊走邊聽忽遠忽近的笛聲，「竟不意涉水踏入／一冊陰森的聊齋中」；在〈風箏〉詩中，手中握緊繫住空茫的繩索，「越飄越遠的童年／早已飛過歲月的地平線」；在〈失眠記〉詩中，「我想索性起床，捻亮一盞燈」「風鈴卻在枕邊／叮叮噹噹地響個不停」。這都是時空轉換的佳言，一個空間的歌者忽而是時間的石人忽而又成爲空間的歌者，這土地一方來將八方離去的宇宙遊子（借用鄭愁予〈偈〉詩）所會創造的名句。再看他在〈古玩店〉中的警句，這愁鄉又惜昔的深情，實實在在貫串著張堃一生的創作：

一幅油畫，在時間的色彩裡／藏著一段斑駁的陳年舊夢
一隻布偶，在時間的容顏裡／藏著一則天真的童稚故事
一個首飾盒，在時間的夾層裡／藏著一件遺忘的塵封秘密

節自〈古玩店〉

記得二〇一二年張堃出版詩集《影子的重量》時，我說：「從憶舊懷友的詩篇

裡，你看見張堃的真性情；從遠行、異鄉、中原、舊址的地誌書寫處，你發現張堃的新知覺；從靜物、船影、車站的觀察中，張堃展現他的大智慧。所以，張堃的《影子的重量》有著他應有的質量。」選入本詩選輯三的三十六首詩中，仍有〈淡水歸來〉、〈卡斯楚街〉、〈車站留言板〉、〈琵琶行——雨中謁白居易墓〉、〈夏威夷二題〉、〈在梵谷自畫像旁小立〉、〈與羅丹一起沉思〉、〈舊址〉、〈過境芝加哥〉、〈夜經八里左岸〉、〈紐約地下鐵〉、〈旅途〉等十二首是旅遊遠行的作品，更不用說懷父母、寫老人的詩，寄寓著多少懷舊情緒，就如〈旅途〉開篇詩行所示：「**風景迅速倒退／只有一幕幕的回憶／隨著車聲前進**」，張堃的詩緊緊抓住的是那回憶中的風景、迅速倒退中的風景，要讓這樣的小站旅次在詩的風景線上留下重量。

〈旋轉木馬〉的童玩遊戲中，張堃無論如何也要安排「**我們在半途／其實已經碰過面了**」的戲碼，因爲作者也分不清楚「**到底和你／還是和失散的自己／意外重逢**」。這最後的三行詩意味著：張堃的詩，一直都是要在陌生的異鄉遇見熟悉的自己。

〔卷四：風景線上〕如是，〔卷五：小站旅次〕亦然。

〔卷五：小站旅次〕是近三年的作品，幾乎每一篇都要去遠方尋找熟悉的自己，〈末班車〉，不需言說吧！車上多是惺忪的回憶，或者是醒不來的夢；〈龍山寺的下午〉，「只見他拖著我的背影／踽踽走出寺外」，其意顯豁如朝陽、如明月；〈空了的戲臺〉，回味著一抹被故事情節渲染的淒涼，飄忽的、隱約的掌聲；〈七里香——懷念一個人〉，幻想著可以走一段路陪她回家，或者重逢，那是深陷其中的舊情的迴旋；〈街角〉，邊走邊想：一段想不起來的故事，這是凡常的街角，初老者不變的戲碼；〈舞者〉，寫的是：舞影伴隨雨聲，由近而遠，漸漸隱去了；〈三水街〉，寫那老婦人有如一座電話亭、郵筒，或者空了的酒瓶，更年期般地沮喪著，這不是初老的自己？〈鳶尾花〉，反映了頹廢的、羞赧的、和一些憔悴的昨夜，複製了畫家的嘆息；〈清水斷崖〉，遠眺時間怎樣停頓在寂靜無聲的遺忘中，彼時、那景，又有甚麼變化？〈普羅旺斯的某年夏天〉，可以聽見鼓浪返航，遠遠嗚響著的、法蘭西老式的懷舊汽笛；〈雨中〉，「為淋雨而收傘的回憶／依然斜靠在牆角」……直至最新的一首〈非浪漫的暗戀〉，是在皺紋與稀疏的灰髮之間，伸出一雙枯乾的變形手指，指揮年華逝去的旋律！

短暫的停留又匆匆走開的張望，總在空間的移動中輕巧地進入時間的序列裡，何處不是小站？何時不是旅次？再陌生的異鄉也要遇見熟悉。

二〇一七端午前夕

生命的律動：春和夏豔秋熟冬寂走一回

一、縱橫而行的落蒂

我在「大暑」的節氣裡，閱讀落蒂（楊顯榮，一九四四～）的《大寒流》，體驗這春和、夏豔、秋熟、冬寂的人生三溫暖，沉思這十之八九不如意、十之一二小如意、大如意的人生歷程。

落蒂，一九四四年出生於嘉義，讀過臺南師範普師科，又讀高雄師範學院英文系，再進入臺灣師範大學英語研究所就讀，落蒂曾是上世紀七〇年代「風燈」詩社主編、創辦《詩友》季刊、主編《文學人》季刊，又擔任泰國、印尼《世界日報》「小詩賞析」專欄作者，曾經榮獲新詩學會優秀詩人獎、詩運獎、詩教獎、文藝協會論評獎、五四榮譽文學獎章，榮譽頻仍降臨。

《大寒流》大部分是他七十歲以後這三年的詩作，但是爲什麼卻將七十之後的作品定名爲《大寒流》？這眞是一件值得探索的事。

大暑的節氣裡，努力閱讀《大寒流》，那是經歷春和夏豔秋熟冬寂的人生歷程的《大寒流》，或許會有一些答案吧！

落蒂這一生最常接觸、接觸最久的兩個新詩社團，一是綠蒂（王吉隆，一九四二～）所帶領的中華民國新詩學會，一是張默（張德中，一九三一～）所帶領的創世紀，這期間倒是有些有趣的現象值得在序文中談談說說，增加我們對落蒂其人其詩的認識。

詩壇人士最初認識「落蒂」之名，往往會被「綠蒂」所混淆，蒂字相同，落、綠同聲，兩人年紀相仿，出生地雲嘉相近，詩風因而相似，集名的同質性亦高：綠蒂有《綠色的塑像》、《坐看風起時》、《風的捕手》、《夏日山城》、《春天記事》、《北港溪的黃昏》等詩集，落蒂則有《煙雲》、《春之彌陀寺：落蒂詩集》、《詩的旅行》、《一朵潔白的山茶花》、《詩寫臺灣》、《大寒流》等。但綠蒂成名極早，落蒂之名恐怕會湮沒在綠蒂之下。何況，「落蒂」的同音字，有蘋果「落地」的落地，有名落孫山的「落第」，很少人會想到「瓜熟蒂落」的成熟之美、豐收之喜，更不會引伸出「水到渠成」、「迎刃而解」、「順理成章」的俐落瀟灑。「落蒂」的詩歷程，早年或許就是漫長地在等待那「瓜熟蒂落」的日子裡度過，如今，七十之後，瓜熟落蒂，那大寒流的意象究竟來自何處？

六十以後的向明（董平，一九二八～），余光中（一九二八～二〇一七）說他「**向晚愈明**」，他欣然接受，八十以後，他以創作、評述，自我證明，「**詩作愈明，精神愈出**」。七十以後的落蒂，是不是也以自己的創作證明自己年少的預言：落蒂——瓜熟？

落蒂最早參加的詩社是「風燈」，但北漂後加入的是穿越一甲子、橫跨兩世紀的《創世紀》（一九五四～），這是兩個年歲不同、背景相異的詩社。六十年來《創世紀》一向以超現實主義爲尚，「風燈」落蒂的詩作、詩評則維持曉暢明朗的均一風格，在衆多前輩詭譎的詩風中，衆多前輩響亮的名聲裡，如何脫穎而出，未嘗不是落蒂的另一個心理壓力，二〇一五年之後落蒂擔任《創世紀》社長職位，是不是又有一種要把詩壇帶向哪裡的責任感的無形壓力？

《大寒流》詩集分成四輯，輯一即是主題詩之大展，與集名相同就稱爲〔大寒流〕，占去全書一大半篇幅，是落蒂七十後這三年來的生命之觸動、顫慄與思索，是盪開小我肉體的苦痛，以此苦痛去碰撞、去繫連大我社會的災厄。輯二〔武界傳奇〉及其後的〈飛升與沉落〉、〈失落的地平線〉輯，則是四處遊歷後的自我撞擊，從金馬外島、日本到大陸昆大麗的域外感，是離開臺灣母土彷彿離開現有肉體的靈魂撞擊，或許不能以遊客的身分進入這批詩作，不能以單純的旅遊詩看待這些詩中的遊思。

落蒂的詩縱橫這世界，我們也進入他的詩世界縱橫而行吧！

二、縱時向的境內大寒流

是的，〈大寒流〉這首主題詩就可以看見落蒂的使命感，關乎國際、關乎民生，從內心、從網路，時而現實、時而想像飛馳：

——從內心而來的寒流，不寒而慄

大寒流竟從內心吹來
面對著熱鬧的人群
閃爍的廣告明星眼眸
客滿的飲食文化城
排隊搶票的某歌星演唱

我的煩憂只隔著一道短小的牆　　——內心與外象的對比
從網路抓來的世界各地資訊　　——網路與現實的對比
看著各國爭先恐後的向榮
彷佛墜落到蠻荒邊城　　——想像的飛馳
坐在千里黃沙的土地上
看著躍馬嘶鳴的敵騎
漫天烽火燎原燒起　　——想像的結束
而人們偏偏無感的划拳行酒令　　——現實的冷感
任大寒流在室外呼號　　——現實的寒流
酒酣耳熱中
大老鼠已在暗巷排水溝中猖獗　　——內心的擔憂
防水閘門早已破損
大海逆擊倒灌誰也來不及奔逃　　——眞正的寒流

這首詩糾結了落蒂一生的春和夏豔秋熟冬寂，屬於他的、屬於土地和時代的、屬於現實和現實之外的黃沙烽火。

或者，用一首小詩〈瀑布〉來模擬這種矛盾的心境，那是直直的連時帶空的縱落，在歡呼和哭泣之間，驗證弘一大師的偈語「悲欣交集」：

我是一條／被懸崖切斷的河流／從百公尺垂直而下／面向迷濛虛無／日夜傾聽／人們的歡呼／和哭泣的水聲

年齡跟落蒂相近的我、內心總有一處陽光曬不到的我，喜歡繼續追問：「誰是那懸崖？」竟然切斷我！

近三年（二〇一五～二〇一七）落蒂成詩極多，「人生七十才開始」，古人一直這樣流傳，但開始「做甚麼」呢？古人也一直沒說，或許「早就該大大的放逐／放逐自己於一個無人的原鄉」，但落蒂並未放逐自己，他一直在那紅塵裡覷眼觀看，所以，有詩——春和夏豔秋熟冬寂糾葛不斷的詩。

在縱時向的〈大寒流〉裡，落蒂是焦急的，以〈生成〉來說，人工的建築是「一點一滴由磚瓦碎石木片／慢慢堆疊而至數十層／顫危危的立在大地上」，那是亂無章法的醜陋，但連一座森林的擴大，他也認爲是一棵樹一棵樹「逐漸的種植生長／以致於濃密到阻隔所有視線／我們便被圍困在裡面」，那是一種無所不在的被圍困的荒城之慌。以〈故事〉爲例來看，落蒂有著「薛西佛斯」式的循環悲哀：「故事將會再重新／上演一次／且永遠不斷的／演下去」。因此，在他的詩中，「教堂鎖著，鐘聲不響」，當然也聽不到佛號。即使換個意象思維，他也頻頻追問「冬夜的風狂吼著／你心中的風信旗是否改變方向」？

要不，自己竟像一顆「旋轉的頭顱」：「向左也不是／向右也猶疑／一顆旋轉的頭顱／如陀螺嗡嗡響個不停」。

沒錯，落蒂焦急地爲衆生尋找方向，尋找燈光，「只要垂落一小小的螢光／我就得到永恆的照耀」，圖書館的意象，古書溫暖的召喚，因而成爲他人生之河的自然流向，大寒流之下取經的地方、取暖的所在。

三、橫斷面的域外小觸鬚

接下來的三輯詩作，大部分還是近三年的作品，都可以屬於大範圍的旅遊詩，這一點，七十以後的這三年，落蒂像極了壯遊四海的壯年張默，一路一帶，一帶一輯。這三輯詩作從金門、馬祖、山林臺灣，到日本、雲南、海南，因爲詩會而會友，因爲詩會而外遊，都留下了行蹤，留下了左與右的衝撞，內與外的拉扯，春和夏豔秋熟與冬寂的糾葛。

仔細閱讀這三輯旅遊詩，旅遊報導的敍述成分極少，詩會聯誼的酬唱之情也不多，輯二的〔武界傳奇〕雖然也有臺島的旅遊詩，卻是遠離塵囂的深林山坳，此輯先將金門、馬祖的詩作置放前頭，第一首是二〇〇五年的舊作〈金門碉堡——記八二三印象〉，最後的結尾將老兵的心境、時代的尷尬，點化得極爲亮眼：「坐在碉堡射擊口的老士官／狠狠的把槍扔在地上／啐了一句／他奶奶的打了一整晚的砲／也不會挾一張／故鄉的消息過來」。其後各首金門行的作品都以「散文詩」方式表達，這些設計，顯然都有意以時間、以空間、以書寫方式「陌生化」，將這些詩作拉到「域外」的作用在。

輯三是〔飛升與沉落〕，旅日之作，落蒂刻意寫出時間的老朽、敻遠、腐味，將原本就是域外的日本經歷拉得更遠，彷彿有著唐朝的檜木香沉沉地漂浮著。如〈黑部立山雪牆——旅日手記之二〉，落蒂以「一片冷寂的白」拉開了心與紅塵的距離，拉出了「域外」的玄思可能：

> 讓宇宙的浩瀚／形成那一堵空空洞洞什麼也沒有的白／那一堵延伸到無限／延伸到前後上下左右／一片冷寂的白

這樣的域外感，完全表現在輯四的〔失落的地平線〕。〔失落的地平線〕主軸放在昆大麗，東巴文明，香格里拉，神秘安詳的境界，如落蒂所言，「千百代的光陰」在這裡，彳亍、流連，「一種生命的律動」在這裡，自然的前俯後仰。

這是現實的大寒流裡，敏感而溫熱的小觸鬚。
這是七十後的歲月中，域外的玄思，小小的人生慰藉。

二〇一七・大暑後處暑前・臺北市

隨任唵聲迴盪蒼穹裡

人生多少大事小事，也不過「如意」與「不如意」兩種。要再細分，中間列入「不盡如意」的中庸類型吧！

不盡如意的名利兩艘船

這種二分法看待人生，不是我發明的，青年時讀南懷瑾老師（一九一八～二〇一二）的《論語別裁》，談到乾隆皇帝下江南，夜宿鎮江金山寺，皇帝與住持站在長江水邊，望著船隻南下北上，或順水或逆流，十分忙碌，內心裡大約有繁花勝景的喜悅，隨口就問身邊的法磬禪師：「你在金山寺修行幾十年，日日靜望長江水，有沒有數算過江裡來來往往多少船隻？」老禪師說：「滔滔江面，依老僧看，只有兩艘船。」

怎麼會只有兩艘？

原來內心裡皇帝翻轉著萬紫千紅，那知禪師眼中竟然只有黑白二色。

怎麼會只有兩艘？

法磬說：「一艘爲名，一艘爲利。」

年輕時我喜歡這種果斷的言語、利索的歸納。

後來，總覺得這種二分法有極大的殺傷力，這世上，難道沒有「不」爲名「不」爲利的人嗎？難道沒有「看透」名利、「看通」名利的人？難道沒有渾渾噩噩「不知」名利爲何物的人？

又或者，名滿寰宇功蓋天下的名，與「解名盡處是孫山」的名，難道沒有區別？小義大利，先義後利，不需加以細分？

有一天上維基百科查資訊，蝴蝶有多少種？答案竟是一萬八千八百種，注意是「種」，不是「隻」，最大的，展翅的寬度可以達到二八〇毫米（mm，公釐），最小的只有十六毫米。這時，你還要問，二八〇與十六之間的分野嗎？君非生物學家、不是蝴蝶學者，要分種別類那麼頂眞嗎？

所以，回到相對式的二分法吧！但要有寬容的心，容許許多多許許多多的例外，例外之外的例外。

所以，人生兩條船，名韁利鎖，名是韁、利是鎖。

所以，人生多少事，「如意」或「不如意」而已。

這樣的感悟，來自於這半年來沉潛在謝振宗（一九五六～）的《詩解籤語化大悲》，來回思索的初步省思，更深的體會，或許要在籤詩、經文、周易、典故，以及謝振宗的解詩中，再度來回思索，或有所得。

觀音靈籤，詩一般迷人

謝振宗的《詩解籤語化大悲》，以書名來看，分為兩部分，一是詩解籤語，二是詩化大悲，前者指的是〈詩解觀音靈籤〉，後者指的是〈詩化大悲心陀羅尼經〉，二者寫作方式不同，寫作時間相續，值得分開思考。

先讀〈詩解觀音靈籤〉：

觀音靈籤一〇〇首，有著不同版本，謝振宗採信的是臺北艋舺與鹿港龍山寺通用的籤詩，每一首都有借用中國歷史故事的「題目」作為聯想的觸發，謝振宗借以爲詩題，如：宋太祖黃袍加身、燕將獨守聊城、燕昭王爲郭隗築黃金臺、陶淵明三徑關門、楚襄王陽臺夢醒……等，頗似章回小說的「章目」、「回目」，求籤人、解詩者都可援引這些歷史典故作爲鏡子，照映自己的未來。

謝振宗自言，這些解籤之詩的第一首〈宋太祖黃袍加身〉完成於一九九七年四月（丁丑清明），但未有續筆，直到二十年後的二〇一七年五月二十三日（丁酉小滿）才寫第二首，但這一發卻不可停遏，六月三十日（丁酉夏至、小暑間），將近一個月完成一百首靈籤詩解，這速度、這毅力，或非「常人」所能及。

我是「常人」，遠在二〇〇一年曾受「中華民俗藝術基金會」林明德教授（一九四六～）委託，夥同陳義芝（一九五三～）、向陽（一九五五～）等九位詩人，每人十首，共同完成《臺北霞海城隍廟：百首籤詩心解》（中華民俗藝術基金會，二〇〇二），記得那時我們要先深入琢磨籤詩的含意、指向，再以自己的詩語言敘說人生的可能歸趨，下下籤者要能點出復甦或新生的希望點，上上籤的給予一些必要的惕勵，負起文學工作者兼心理諮商的社會責任，誠惶誠恐，不敢或懈。

好不容易，常人的我完成了這份心靈導師的工作。

敝帚自珍的心理，我將自己所寫的十首解籤詩，收在《情無限．思無邪》（秀威，二〇一一），列爲〔有些無法揀擇的命與運〕專輯。選錄其中一首〈命運書其十〉，作爲說解的依憑：

山窮／水盡
轉個彎會看到不同的風景
或者：
換個髮型會有不同的心情
或者：
換個心情，召喚柳暗／花明

原來的籤詩爲臺北霞海城隍廟《百首籤詩．第八十籤》：「一朝無事忽遭官／也是門衰墳未安／改換陰陽移禍福／勸君莫作等閒看」，就文意看來應屬下下籤，無事遭官，生者門衰，死者未安，誰能等閒視之？唯一可以寄望的是「改換」兩個字，所以詩意的安排要從「山窮水盡」轉換爲「柳暗花明」，讓人有「又一村」的期待。常人的我當時要求自己的是，要能深入理解籤詩的旨意，要能寫出符合詩之門檻的作品。

觀察《詩解籤語化大悲》，詩人謝振宗達成了這兩點基本要求，而且還超越了我們所未曾抵達的境界，其一是他獨力完成百首詩解，所費時間僅僅四十天，平均一天二．五首，若有「神」助。其二，他熟用詩題所蘊藏的歷史典故，如范仲淹斷虀畫粥以苦讀（第八首），劉先主入贅於東吳（第十一首），揚雄折節仕新成爲王莽大夫（第十九首），殷浩爲得桓溫重用反覆斟酌竟以空白回書（第二十六首），都能燃起讀者閱讀的興趣。其三，謝振宗藉助《周易》卦象，增強詩解可信度，如第十三首的「澤中有雷」，化用易經第十七卦「隨卦」震下兌上，要能隨天、隨君、隨時、隨勢，如響能應聲，如影而隨形，自可生生不息，萬事通和；如第八十三首的「坎在離上」，是易經第六十三卦「既濟卦」坎上離下，坎是水，離是火，水性下注，火勢上炎，所以是水火相濟，相對助成的吉兆，謝振宗說：

即使有老化病痛／亦能靜靜地回想／坎在離上伴隨澤中有雷／那種重獲生機的喜悅

但是，詩題的典故是「馬周入都投旅店」，時時警惕自己如唐太宗時代的馬周，戒酒之後不可再犯，行事周密，才不至於再度漂泊無定，誤事連連。

謝振宗應該是一位處事謹愼而踏實的詩人，易經第六十三卦的「既濟卦」，他第二次應用在第一〇〇首〈楚襄王陽臺夢醒〉：

曾經痴迷巫山風情／夢醒於朝雲暮雨
我們尤須謹記戒備／既濟相隨／水在火上的景象／莫非是登山尋覓神仙時
你躑躅前進的身影／猶不敢輕輕觸及

人生猶如春夢，美好，短暫，易醒，既濟之時尤須警惕自己：不敢輕輕觸及那巫山風情、朝雲暮雨。

謝振宗〈詩解觀音靈籤〉一百首展現的第四個特色，就是使用二十四節氣的季節語十分靈活，「驚蟄剛過／草叢裡蟲鳴歡唱／鼠蛇亂竄於穀雨之後」（第七首），「驚蟄穀雨後／纔知道梅雨潤澤萬物」（二十二），「枯木開花於霜降／凜冽的寒冬」（四十六），「立夏暑氣上升／感覺薰風徐緩撫慰」（五十一），「驚蟄過後雨水豐沛／更需提防土石流衝擊」（六十四），「我只好靜默地等待春暮之時／眼睜睜看著落花殘敗歸土／或者思索強風怎樣捲起波浪／白露如何牽引霜降？」（六十六），「暮秋時枯葉凋盡／偶爾聞得到白露霜降後／滿園柚子成熟的果香味」（八十一），「驚蟄雷鳴響徹雲霄／該是萬紫千紅布滿整個陽臺」（八十六）。其中，驚蟄、穀雨、白露、霜降，出現次數最多，因爲這四個詞語所形成的語境最美，可以呼應〈觀音靈籤〉原有的詩意象。

〈觀音靈籤〉原來就有詩意象之美：

一片靈臺明似鏡，恰如明月正當空。（九）
宛如仙鶴出樊籠，脫却羈縻處處通。（一十四）
東方月上正嬋娟，頃刻雲遮月半邊。（二十八）
危灘船過風翻浪，春暮花殘天降霜。（六十六）
冬來嶺上一枝梅，葉落枯枝總不摧。（六十九）
人行半嶺日啣山，峻險巉巖未可攀。（八十七）

這樣的詩意象之美，形成謝振宗寫作〈詩解觀音靈籤〉的先天優勢，復以創作者化學家的細膩分析，教育與宗教形塑的愛及其廣披精神，「風燈」詩人的敏銳感觸，終於完成了既能觀世音、又能指迷津的艱困工程。

大悲咒，詩一般不可思議

次讀謝振宗《詩解籤語化大悲》的第二部分：〔詩化大悲心陀羅尼經〕。〈大悲心陀羅尼經〉，全名是〈千手千眼觀世音菩薩廣大圓滿無礙大悲心陀羅尼經〉，其中有八十四句梵音咒語，特別稱為〈大悲咒〉。謝振宗這本詩集中的第二部分作品就是以此八十四句〈大悲咒〉幻化而成。

根據〈大悲心陀羅尼經〉的說法：「若諸人天誦持大悲心咒者，得十五種善生，不受十五種惡死也。其惡死者：一者、不令其饑餓困苦死，二者、不為枷禁杖楚死，三者、不為怨家讎對死，四者、不為軍陣相殺死，五者、不為虎狼惡獸殘害死，六者、不為毒蛇蚖蠍所中死，七者、不為水火焚漂死，八者、不為毒藥所中死，九者、不為蠱毒害死，十者、不為狂亂失念死，十一者、不為山樹崖岸墜落死，十二者、不為惡人厭魅死，十三者、不為邪神惡鬼得便死，十四者、不為惡病纏身死，十五者、不為非分自害死。誦持大悲神咒者，不被如是十五種惡死也。得十五種善生者：一者、所生之處，常逢善王，二者、常生善國，三者、常值好時，四者、常逢善友，五者、身根常得具足，六者、道心純熟，七者、不犯禁戒，八者、所有眷屬，恩義和順，九者、資具財食，常得豐足，十者、恒得他人，恭敬扶接，十一者、所有財寶，無他劫奪，十二者、意欲所求，皆悉稱遂，十三者、龍天善神，恒常擁衛，十四者、所生之處，見佛聞法，十五者、所聞正法，悟甚深義。若有誦持大悲心陀羅尼者，得如是等十五種善生也。」此外還有更多不可思議之事，如觀世音菩薩即時身生千手千眼具足，十方大地六種震動，如「一宿誦滿五遍，除滅身中百千萬億劫生死重罪」等等，應該歸屬於宗教信仰之屬。上節觀音靈籤百首之擇，依擲筊而得，是否靈驗，介乎佛家、道教與民俗之間的揣摩量測；此次持頌〈大悲咒〉五遍，可得善因緣，單純是佛教的認知與信仰，必有許多不爲「非信衆者」所知的不可思議事。但就文學鑑評而言，或許要從依傍〈大悲咒〉的新詩，是否可以獨立爲自身俱足的詩篇而定其CP值。

如同上節〔詩解觀音靈籤〕並非詩壇首創，謝振宗〔詩化大悲心陀羅尼經〕也不是詩壇第一部解經之作，早在一九九七年十月敻虹（胡梅子，一九四〇～）率先出版《觀音菩薩摩訶薩》（大地出版社，一九九七），二〇一〇年一月陳克華（一九六一～）出版《心花朵朵：陳克華的心經曼陀羅》（臺灣明名文化，二〇一〇）。雖然敻虹的《觀音菩薩摩訶薩》與陳克華的《心花朵朵：陳克華的心經曼陀羅》，都依傍《心經》而寫，但謝振宗的〔詩化大悲心陀羅尼經〕卻更接近於陳克華以整部詩集去闡述《心經》的寫作理想，不同的是《心經》只有二百六十個字，字字連綴，能爲有意義的內涵，詩人可以依傍原有的經義，發展想像，伸張歧義；〈大悲咒〉是八十四句、四百一十五字，但這八十四句則是八十四位菩薩的梵音譯文，不具字面意義，謝振宗如何從單純的菩薩稱號，一句一句去發展爲成篇的詩意？

爲此，我曾購閱被稱爲「地球禪者」的洪啟嵩居士《如觀自在：千手觀音與大悲咒的實修心要》（全佛文化事業有限公司，二〇一七）一書，其第四章「修學大悲咒的次第」，曾提到六種先修的心理準備：一是憶念法的源頭——禮敬千光王靜住如來，二是觀想本尊千手觀音，三是爲悲愍衆生而宣說大悲咒，四是隨同觀世音菩薩一起發願，五是與觀世音菩薩的心相應，六是以大悲心持大悲咒。如果仔細恭讀九千七百多字〈大悲心陀羅尼經〉，或許可以觀想、禮敬千光王靜住如來與千手千眼觀音，也容易隨同菩薩發願，與觀世音的菩薩心相應。若是，閱讀謝振宗〔詩化大悲心陀羅尼經〕似乎也該如此洗盡鉛華，素樸面對詩文、面對人生。

或者，拋除這些禮敬、虔誠，選擇二路分行或並行：一路，單純朗誦（頌）〈大悲咒〉不做他想，或有不可思議之事發生；一路，沉浸在閱讀謝振宗〔詩化大悲心陀羅尼經〕的詩作裡，隨其意象而馳想，必有好事會發生。

這篇〔詩化大悲心陀羅尼經〕的詩作，對應〈大悲咒〉八十四句，發想爲八十四首詩，似連而未連，似斷而未斷，〈大悲咒〉第一句「南無　喝囉怛那　哆囉夜耶」，謝振宗寫出這樣的對應詩：

手持念珠／一切信賴就在溪水濯足後／喜見蓮華自湖中升起
虔誠皈依佛法僧／從眾生平常生活體驗／緣起緣滅何以能在／季節遞嬗與奉施香華中
驚覺喝茶吃飯／原來蘊藏無限禪機（一）

詩的發想從此開始，從虔敬之意、淨手淨心開始，從凡常生活體驗切入，觀察隨季節轉換的天地自然，觀察供奉香華的當下細膩，觀察緣起緣滅的那一剎那，去馳想，去旋飛，而幡然，而靜定。

這首詩彷佛有著開宗明義的總體宣示之意。

甚至於捨離〈大悲咒〉的梵音，直接在新詩的語言中穿梭，如我，我會喜歡「誰能安忍不動如大地／靜慮深密如秘藏呢／／當大悲心起／纔可善護眾生／諦聽松風聲細雨聲／傳達宇宙信息」（四十九）。

我會讚嘆「清淨法身／隱藏於城市煙靄中／／即使千葉金蓮湧現／所有眼見為

憑的假設命題／仍必須親自應證／／孤傲的感觸／傳達色塵迷霧裡／習修禪定的重要性」（七十九）。

讀到最後的「娑婆訶」演化的詩：

無悲無喜無色無相／捨得山色捨得溪聲
寂靜滅念／應證眼耳舌鼻身意／皆化作千手千眼
唯獨唵聲迴盪於蒼穹裡／成就此生完美結局（八十四）

彷彿經歷一番洗滌，身淨，心淨，口淨，唯有「唵聲迴盪於蒼穹裡」。彷彿呼應著〈觀音靈籤〉從第一籤「黃袍加身」的熱切想望中，倏忽走過百年滄海桑田，終而「陽臺夢醒」，了然輕盈。

二〇一八．三．春茶中

誰能看見破碎後的那一片完整？

（A）零與靈、靈

這裡的「靈」指著白靈（莊祖煌，一九五一～）與靈歌（林智敏，一九五一～）的靈。

很少人會將靈歌與白靈並列討論，總覺得白靈是緊接在向明（董平，一九二八～）之後的第三世代，靈歌則是新興詩群「野薑花」的新生代詩人代表。

其實兩人都出生於一九五一年的臺北市，二十出頭時都曾參加耕莘青年寫作班；白靈參加葡萄園詩社，靈歌則是秋水詩刊同仁；特別是兩人的筆名中都選用了一個「靈」字，都有意在活靈、神靈的語言與神思中捕捉詩意。只是一九七九～二〇一一年靈歌轉去編採生命的另一種繽紛、另一種風貌，少唱了幾個音符。但在二〇一一年之後，靈歌萌生六十五歲（二〇一六）退休的念頭，又開始瘋迷寫詩，狂追在白靈之後，目前已出版詩集，早期的《雪色森林》（漢藝色研，二〇〇〇）、《靈歌短詩選》（香港銀河出版社，中英對照，二〇〇三）；《夢在飛翔》（漢藝色研，二〇一一）。近期的《漂流的透明書》（秀威，二〇一四）、《靈歌截句》（秀威，二〇一七）等。前輩詩人張默（張德中，一九二八～）曾從青少年看著靈歌茁壯為中壯輩，他認為靈歌的詩「**遍布一種出奇的冷靜與怫鬱的氣息**」（《漂流的透明書》序言）。

退休後，白靈與靈歌會從「零」出發，跑出不同的賽程嗎？「靈」會分割、區別為心靈、還是神靈的「靈」？

（B）壹與伊、依

這裡的「伊」指著千朔。

千朔是靈歌第二階段創作——「野薑花」時期的重要同仁。她在為靈歌的《漂流的透明書》寫序時，已經發現靈歌詩集裡，每輯都有組詩作品，她認爲組詩的寫作「就像開墾一座花園那樣，每首小詩就是一種花，不同的花朵引發人們不同的季節心情，和不同的香氛療癒。」這種「各花入各眼」的寫作與編輯，在這本詩集中依然累見不絕，或許受到前一本「截句」寫作的影響，各首詩裡的組詩改以編號標記，而且幾乎都在截句的既定範疇——四行以內，譬如：〈有情〉、〈縫補與黏貼〉、〈無法遺忘的〉、〈寂寞風暴〉、〈你不懂黑夜〉、〈無以言說的波焰〉、〈我這個人〉、〈我不是這個人〉、〈我沒有說〉。可見千朔讀詩仔細，看到靈歌詩形式的某種堅持，我們讀靈歌，何妨從這個桃源口進入。

其次的「依」指著各首組詩裡的標號，依依相連，詩思依續不絕。

靈歌《破碎的完整》裡，依依要你認識「我這個人」嗎？

他先是寫了一首詩〈我這個人〉，彷彿眞心要你認識「我」這個人，結果又續寫了一首〈我不是這個人〉。撇清嗎？否認嗎？接著又來一首〈我沒有說〉，說了還是沒說？如此翻來覆去，一往一來，讀者是很容易、也很值得從這三首詩中認識靈歌，這三首詩各自獨立，都以組詩的形態出現，依依相連的詩思，來回尋思。

千朔在《漂流的透明書》中看到的是靈歌詩集中一再出現「組詩」，好像是詩形式的考量，可是等到《破碎的完整》出版，其實，靈歌反覆思考的可能是人生板塊的破碎與完整的辯證，是生命內容、詩歌內容的思考。

譬如：①＋②＋③＋④＋⑤＋……＝一時，一是完整，但何嘗不是破碎？〈我不是這個人〉沒出現時，〈我這個人〉是完整的，但當〈我不是這個人〉出現，〈我這個人〉就不是完整的。如此續推到〈我沒有說〉，「我的存在」的辯證，不是繼續在辯證中嗎？

譬如：①、②、③、④、⑤等組詩連續出現，他們彷彿是破碎的，但獨立、專注來看①的存在，①不是一個整片的呈現？如〈我這個人〉的第①則：

〈我這個人〉①

不斷嘗試進入，閉合的裂縫／指紋，虹膜／甚至縫合後的整張臉／都在接受與
拒絕的辨識中，反反覆覆

完整來看，這不就是靈歌這部詩集的主題詩？在不完整的人生片段、人生階段，體悟生命的完美組合。

或者，我們隨意擷取第二首詩的中間兩則⑤與⑥：

日出時往西，日落後向東／在世事日黯中行旅／背負冷暖，學習調溫／在翻轉處與光明相逢

〈我不是這個人〉⑤

不想被喧囂的陰影轟炸／必須至高處，還以靜默的顏色

〈我不是這個人〉⑥

這兩則，或從方向、光暗、冷暖，或從音聲分貝、位階、色差，交互詰問，尋找適切而合理的場域。此類組詩都在透露：兩極各自完整，合觀則見其缺憾。當然也在跟世俗的「合則完善、分則碎離」做著某種程度的哲理思辨。

靈歌這時期的作品經得起理性分析，但不是以理性在書寫。譬如，我們正在分析的這三首詩〈我這個人〉、〈我不是這個人〉、〈我沒有說〉，事後分析可以說他們是更大型的「組詩」，符合「正反合」的三段論述，但眞正進入微觀分析，每一則都獨自成林，各據一方。前引「不想被喧囂的陰影轟炸／必須至高處，還以靜默的顏色」這一則作品，語言純淨，卻不冷酷，讀者要在「陰影」的喧囂下思考，要在轟炸裡認同，而後逆向思考到「陰影」的反方向竟是高處——太陽的所在，純粹的白，唯一的光，巨大的靜默。這些意象的組合是正常的詩的意象的美。

最後，我們再以這三首詩的最後一首〈我沒有說〉的最後一則來看：

不想被輕易認出／就成為森林的樹／收束枝葉的伸張／留住枯黃／就留下自己的春天

〈我沒有說〉⑨

相對於枯葉，樹是完整；相對於樹，森林是完整；相對於森林，春天是完整。但這首詩最後告訴我們的，「留住枯黃，就留下自己的春天」，破碎的、枯黃的落葉，是自己的春天的完整。

（C）貳與無二

放大整部詩集《破碎的完整》來思考，這部詩集分為四輯。一般詩集分為四輯，就是將詩分為四個區塊、四個進階，是四個「破碎」。但靈歌的《破碎的完整》，卻呈現出有機的「完整」。試看他的四個輯名與說詞：

輯一　前往退路——前進，前進，其實是沒有退路
輯二　由大而小——追求最大，擁有更多，心，越來越小
輯三　破碎——玻璃的穿透，源自於易碎
輯四　完整進行中——無法抵達的夢，繼續黑夜

輯一是從「前往退路」開始，而「前進，前進，其實是沒有退路」卻又在趕著前進中有著「沒有退路」的決志；就方向而言，前往的方向是「退路」之所在，一進一退，一正一反，所以循環無盡。更進一步，輯一「前往退路」↓輯二「由大而小」↓輯三「破碎」↓輯四「完整進行中」。到了輯四「完整進行中」，應該是趨近完美、圓滿，仔細看說詞：「無法抵達的夢，繼續黑夜」，黑夜中繼續向著「無法抵達的夢」，沒有退路的前進吧！

《周易》式的前進吧！

《周易》從第一卦的〔乾〕，天行健，君子以自強不息，邁開大步，前往第二卦、第三卦……直到最後一卦、六十四卦的〔未濟〕，未濟的字面意義是還沒有渡過河流，還沒有抵達彼岸，所以繼續出發吧！要從〔乾〕卦的勁健有力繼續開始。這種循環不息的生命活力就是東方哲學《周易》所給我們的啟發，也正是靈歌《破

碎的完整》所要傳達的循環四輯的詩思所在。

《序卦傳》中說：「物不可窮也，故受之以未濟。終焉。」很清楚的點出，所有的事物不可能在一般人所認爲的終點完結，因爲在一般人所未看見的事物中，新的契機已經開始運行了！

或許，靈歌的詩也一樣要我們思考「完整進行中——無法抵達的夢，繼續黑夜」，繼續夢，繼續「完整」進行中。

（D）零與靈、靈

回到零，歸回零。

零，才是最靈妙的開始，最靈妙的起點。

渾沌是道的源頭，渾沌是白。白而後靈，靈而後歌。

我們聽歌去。

二〇一九．立夏的第一天．臺北雨水中

兩行俳句的侘寂美學

離畢華（盧兆琦，一九五五～）要出版他的兩行詩集《春泥半分花半分》，這樣的集名，在花的繽紛期就預見春泥的眞實面目，頗富禪意，所以他不用時下流行的「截句」——兩三年內已經出版五十冊以上相關著作的截句，也不追隨原住民詩人瓦歷斯．諾幹的「兩行詩」專名，而用「新臺灣俳句百首」做爲副標題，應該有他自己內心的三省五思。

我不是離畢華，不能周知他的三省五思。

他的出生地與我相隔一座八卦山又〇．一座中央山脈，山阻水險，他既在山中又在水里坑，平原長大的我不能周知他的三山五脈。他從南投眞的投向南方浸淫藝術，我飄往北地鑽研華夏文化，更不能周知他中南海的三顏五彩。他以〈普普坦

之猜想〉勇奪第二十一屆時報文學獎新詩首獎，我還在猜想「普普坦」會是什麼樣的歷史印記，何能研析他的三猜五想。更早之前他創作長篇小說《十三暝的月最美》獲得第一屆「九歌」兩百萬文學獎網路人氣獎（首獎從缺），那種細膩的心思，曲折的安排，放眼文壇，誰又能委曲於他的三彎五轉，誰又能細辨十三暝、十四暝、十五暝的月哪時候最美？

但是，對於《春泥半分花半分》，我有七分鑽研內容的好奇心，對於「離畢華俳句百首」的「俳句」在臺灣新詩史的發展軌跡，也有三分探險的欲望，所以，雖不能周知他的三省五思，我也要掀開這部詩集的第一頁……

從ＨＡＩＫＵ到漢俳：字音與字形的換置

俳句（ＨＡＩＫＵ），一般指著由十七個日文音所組成的定型短詩，通常包含兩個要素：一是三行十七音，第一行五音，第二行七音，第三行五音；二是其中有一音（以上）是代表時間的「季語」（季題）。這就是俳句。這是基本原則，但有原則必有例外，如十七音的規定，有多過五、七、五的就稱為「字餘」，少於五、七、五的就稱為「字不足」，仍然稱為俳句。

所謂「季語」是指用來表示季節、時間點的用語，如天象的驟雨、雪，植物的櫻花、桃花，動物的螢火蟲、蟬，生活裡的壓歲錢等等，都可以讓人聯想到季節、時令。其實，往前推，唐宋詩詞裡的每一首詩，都有季語，如王維〈辛夷塢〉：「木末芙蓉花，山中發紅萼。澗戶寂無人，紛紛開且落。」「芙蓉花」的開落自有定時，這就是標明時間、季節的季語。如蘇東坡的〈水龍吟．次韻章質夫楊花詞〉：「似花還是非花，也無人惜從教墜。拋家傍路，思量卻是，無情有思。縈損柔腸，困酣嬌眼，欲開還閉。夢隨風萬里，尋郎去處，雙還被、鶯呼起。／／不恨此花飛盡，恨西園、落紅難綴。曉來雨過，遺蹤何在？一池萍碎。春色三分，二分塵土，一分流水。細看來、不是楊花，點點是離人淚。」關鍵詞就是「楊花」，楊花的生長背景、狀態、特色、象徵義，就成爲這首詞的聚焦處。日本俳句的「季語」通常又多帶著繫念掛心之情，諸如面對童年、故鄉、故人的緬懷深意。

但有趣的是，俳句中也有不用季語的，就稱爲「無季」；兩個（以上）的季語，也能接受，稱之爲「重季」。

這樣的日本俳句發展，出現了幾個重要的俳句詩人，俳聖「松尾芭蕉」（一六四四～一六九四）是第一位讓俳句獨立出來，亮眼現身的詩人，他將雅、俗兩種不同類型的俳句風格，古典技巧與自由風格同冶於一爐，讓庶民的生活有詩可以存眞，能以簡單的事物表達深沉的感受，自己就是充滿文學氣息的旅遊詩人。其後的詩人「與謝蕪村」（一七一六～一七八四），善於敏銳捕捉寂靜情境中事物的動與變，顯現書法家與畫家的特殊觀點，類近於儒家。「小林一茶」（一七六三～一八二七）則被視爲有佛家慈悲心的俳句詩人，心物可以圓融爲一體，詩人的慈悲心意映射於外物。這三位的成就，凝聚成我們對日本俳句（ＨＡＩＫＵ）的統合印象。

依循這種認識，欣賞日文俳句以後，民國初年就有趙樸初（一九〇七～二〇〇〇）所定型的「漢俳」，以漢字書寫，改十七音爲十七漢字，走出兩種類型，一是近乎文言（宋詞）、強調音樂性的格律體，一是白話口語、近乎新詩的自由體，兩者都接納「季語」的相關規定，統稱爲漢俳。

臺灣則是在一九二八年ゆぅかり社出版《臺灣俳句集》，而有了臺灣俳句的說法，甚而有人簡稱爲「臺俳」（或「灣俳」），其中以黃靈芝（黃天驥，一九二八～二〇一六）以《臺灣俳句歲時記》獲得二〇〇四年日本正岡子規「國際俳句獎」，爲「臺俳」最高潮。當然「臺俳」也未定於一尊，路數相當歧異。譬如戰後出生的詩人、學者林梵（林瑞明，一九五〇～二〇一八）寫了不少以〈臺灣俳句〉爲題的詩，例舉其一：「陽光穿越了黑森林／飛瀑濺起的水珠／反射出千萬顆小太陽」（《笠》詩刊二〇三期，一九九八・二），只維繫三行的基礎型規定，十七音（字）的五七五短長穿插則無暇一顧，季語也不明顯。但晚近也創作臺俳的林柏維（一九五八～），他的〈孤星〉：「寂靜守蒼穹／微光獨照萬里風／滑落破夜空」（《南臺通識電子報》第七十一期，二〇一七年七月十五日，頁二十八），不但謹守五七五的外在形式，還嚴遵一、三行末字押韻的格律規定。兩位年紀相差八年、同爲南臺灣史學家，前後參與文學創作、且同樣選擇了俳句寫作，自由與嚴謹的作風卻趨於兩極，顯示出所謂的漢俳、臺俳，雖然同樣使用「俳」字，卻保有中文、漢字的極大發揮自由。這其間，顯然也未能看出林梵、林柏維與黃靈芝之間有一絲一毫的傳承關係。

從漢俳到華俳：行數的縮減，當下的吟詠

二〇一八年十二月臺灣社會出版了另一種面貌的「華文（二行）俳句」：《華文俳句選》（吳衛峰等五人合著，秀威資訊公司，二〇一八），或許可以簡稱爲「華俳」，最大的特色是只寫兩行，完全異於日本或國際性的「三行俳句」傳統。

根據吳衛峰所撰〈華文二行俳句的寫作方法〉，華俳有六項要點：

（一）俳句無題，分兩行。
（二）兩行之間意思斷開，即日本俳句的「切」，二行之間的關係稱之為「二項組合」，二者不即不離，一重一輕，一主一次，相互關聯、襯托以營造詩意。
（三）一首俳句，一個季語。（無季俳句亦可）。
（四）俳句內容：吟詠當下，截取瞬間，不寫過去和將來。
（五）吟詠具體的事物，不寫抽象的觀念。
（六）提倡簡約、留白，不用多餘或說明性的詞語。

《華文俳句選》，頁十～十四

華俳仍願歸屬於「俳句」詩體，但爲何可以自由地選擇「二行」爲定體，則無任何理論上的宣示，季語之有無也缺立論的根據，但吟詠「當下的美學」則標舉得十分清楚：不寫過去、不寫將來、不寫抽象。兩行之間的斷與連，吳衛峰的〈華文二行俳句的寫作方法〉藉「切」與「二項組合」，已經說得很清楚，但成員之一的洪郁芬則另提「幽玄」美，認爲「五七五七七定型和歌中，以『切』使詩句處於尚未止歇的情形，讓讀者欲求探索的心飛到下一句，以求懸宕的意識能找到可停歇的歸宿。」所以兩行之間的「切」，可以「使深遠的意義和餘情得以在短小的詩句間釋放。」（洪郁芬：〈俳句「切」之幽玄美〉，《圓桌詩刊》六十四期，頁四十六，二〇一九．六）。這種以「切」去追求「幽玄」之美，有似於禪宗的截斷衆流、棒之喝之，如之何斷而不斷的這種拿捏一直是覺悟路上的柔性障蔽。

漢俳、臺俳之於「和俳」是形式上的追隨，小詩的原始喜愛，語言上改用「漢字」（邱各容的《臺灣俳句集》（唐山出版社，二〇一七）則另有「臺語」專輯），可以看出漢字、臺地的特殊意義。

華俳之於「和俳」，形式上從三行到兩行加以切割，意境上又從原來的寧靜、詼諧、懸疑、寂寞的衆聲之路，走向單一的幽玄之徑，但出版的《華文俳句選》偏偏又附有日譯文字，對於「俳」字似乎若即若離，對於特別標舉的「華」字則著墨不多。

漢俳、臺俳、華俳，顯然也沒有任何傳承、繫連。唯一的繫連是藕斷絲連、若即若離的那個「俳」字——短小的詩篇。

否則，以華文的「俳」字而言，他是跟「俳優」、「俳倡」的戲劇性演出結合在一起的，這時的華文俳句就可能是重視詼諧、滑稽的戲劇性畫面或場景之作，不幽不玄。華文的「俳」字與詩相關的另一意義是「俳體」，一種講求對仗工巧、聲律華美的文體，近乎駢體，以堆垛故事爲能事，距離我們今天所認知的俳句就更遠了！

從俳句到離畢華俳句：侘寂美學的撥尋

離畢華的詩集《春泥半分花半分》，定「新臺灣俳句百首」做爲副標題，因爲他從一九九九年四月就有〈櫻樹的俳句〉（《臺灣新聞報．西子灣副刊》）的創作，選櫻樹，寫俳句，足見他對日本文化情有獨鍾，但他對俳句也有自己的省思——

> 創作若有種種框限，於我而言實感窒息，於是自己設定功課：以兩行的文字，在兩行之間以充足的意象和弦外之音來表現日本文化中極具特色的、接近禪意的「侘寂」。唯一擷取日俳中的用法是季語的部分。季語在日俳中也有嚴謹的規範，而我弱水三千只取一瓢，只用來作為自己在題材和進度上把握與安排的一個尺度而已。
>
> 本書自序〈石斑木的俳句〉

這種覺醒的話，顯示離畢華是日俳的愛好者，但他堅持走出自己的「新臺灣俳句」風格，遠離和俳、漢俳、臺俳、華俳的既有印象，只留下「季語」作爲自己從二〇一八年底寫到二〇一九年春天的刻痕，但追求「日本文化中極具特色的、接近禪意的『侘寂』。」

侘寂（わびさび，Wabi-sabi）美學，是日本的特殊審美價值的體現，承認現實生命的無常，卻要在無常中發現永恆的存在；承認現實生活中的未完成，卻能在縮小、縮短的情境裡享受階段性的完整；接受天下沒有什麼是至善的、完美的，所以滿足於未竟的、殘缺的、粗糙的、不規則的美。分開來說，「侘（わび）」是捨棄奢華，返回平淡，是清貧思想、極簡空間的實踐，能將一花視爲一世界；「寂（さび）」則是以沉靜的心境、孤寂的感覺，去體察「有常」與「無常」、「完整」與「不完整」、「美善」與「非美善」的異與同，能將一世界收納爲一朵花。

因此，侘寂美學是相對於金碧輝煌、完美無瑕疵的二殘三缺；是欣賞枯山水、青苔、手工陶勝於雄渾氣魄、大塊山水、精緻瓷器的體會；是彎著腰、低著頭去喝一缽野茶的生活哲學。

離畢華的詩句：

左營舊城牆上的夕照／羊蹄甲跌碎〈第三句〉

棲息在睫毛上白色的夢／午夜落雪〈第六句〉
清明掃墓／一半春泥一半花〈第三十句〉
生命故事／缺頁或破損無處更換〈第九十句〉

似乎有一種淡定的追尋，淡然的收穫。

進一步觀察離畢華的俳句創作，嚴謹的一百句整數俳句、嚴謹的兩行詩行堅持、嚴謹的目次上兩個字（首二字）的題目標示、嚴謹的圖片配置，在在指向離畢華內心的潔癖習性，自律甚嚴的品格要求。因此，值得我們去探究這兩行詩句之間的相互關係。

根據分析，離畢華的兩行詩之間可能有下列幾種關係：

（一）櫻花開謝型

日本櫻花，即開即謝，形成日本人的文化個性，及時抓住剎那間的美感，及時行樂，是一種「物哀觀」的具體實踐。物，可以是器物、文物、動物、植物、景物，也可以是人物；哀，是內在的主觀情緒，往淺處行是憂，往深處走是悲、是痛，背道而馳，淺深有別，也可以是喜、是樂。所以，離畢華的俳句二行，維繫著這種櫻花即開即謝的物哀美學，第一行、花立開，第二行、花即謝，瞬間的觸拍，瞬間的感動。

春寒料峭的清晨／茶芽在陶杯裡旋舞〈第六十五句〉
清風不識字／俳句寫在柳條上〈第九十一句〉

（二）武士切腹型

日本武士以切腹表達赴義的決心，是另一種日本的文化精神，決絕而勇敢，蓋因人類的腹部是神經叢生的部位，切腹不能立即致死，但至痛至苦卻延續不斷，切腹人仍然選擇這種最痛苦的自殺方式，是面對死亡的最後決絕，需要極大的勇氣。使用在兩行詩的寫作時，暗示詩人：當斷則斷，不斷必亂，因爲詩句只限兩行，不能有任何冗詞、贅字，不能長篇大論、長河遠流，不能旁生枝節、演繹無限，再痛也要切除，才是眞正的決絕。

清淚兩行／松脂〈第四句〉
飄落一片枯葉／棋盤上久久下了一子〈第七十六句〉

（三）異質並置型

緊鄰的二行俳句，如果句意相連，結果就像是一行詩句只是中間喘了一口氣，因此，二行之間最好能斬斷可能的繫連，最直接的方法就是選擇異質性的物件並置在一起，或許會有電影的「蒙太奇」（montage）效果。如「火車在山谷中奔馳」是人造的機器載運的事實，「**大雁排成人字**」則是大自然的動物遷徙現象，兩者並置在一起，會有視野、思維的衝激效果，引發閱讀者不同的想像，形成詩意。

截句的寫作一般以四行爲常態，論者通常在講述截句結構時，會順理成章以「起承轉合」四字去扣合四句，強調「轉」字（第三行）的重要。但二行俳句只有兩行，所以會將「起承」合爲前句，「轉合」合爲後句，既然是在「轉」的節骨眼分開，前後二句理應是異質性的並置，所以，截句與俳句的寫作方法是相通的，而且是先學截句、再學俳句，更爲便捷。

火車在山谷中奔馳／大雁排成人字〈第三十四句〉
梔子花開白勝雪／小寺院傳來梵唱聲〈第五十五句〉

（四）因果循環型

異質並置型的兩個句子放在一起，如果二者之間截然不相干、不相關、不相繫、不相連，有可能是「櫻花開謝型」，櫻花即開即謝，迅即離開樹身，有著倏然之美；也有可能是「武士切腹型」，有著如雷之勇，斷然悲壯。但通常，這兩句詩之間，藕雖斷絲仍相連，作者與讀者仍然會有那麼一絲牽繫，繫在兩句詩的細微處，這時，二者之間，有可能是「因果循環型」，也有可能是「互爲隱喻型」。

因果循環型，可以找出因與果的互動，如理學家「格物」而後可以「致知」，如科學家「即物」而後可以「窮理」。以離畢華俳句之第四十九句而言，因爲秋月清暉，所以房子好像上了白漆；或者說，因爲房子潔白，所以月光更見皎潔。這是理性的讀者所喜歡的俳句。

秋月清暉／漆成白色的房子〈第四十九句〉
過熱的電磁爐／歡樂的除夕團圓飯〈第五十九句〉
漁船已出港／空無一人的碼頭〈第九十二句〉

（五）互爲隱喻型

感性型的讀者則會喜歡互爲隱喻的兩句詩。以離畢華俳句之第七十七句來看：勞碌奔波的人（好像是）洗衣機裡快速旋轉以脫水的工作服。或者反過來說：洗衣機裡快速旋轉以脫水的工作服（好像是）勞碌奔波的人。這時的「人」與「工作服」是異質性的並置。

待春的冰面忽然龜裂／幼雛啼嗚的聲音〈第六十六句〉
梅雨季潮濕的棉被／醬缸裡醃製的小黃瓜〈第六十八句〉
勞碌奔波的人／洗衣機裡快速旋轉以脫水的工作服〈第七十七句〉

離畢華的二行俳句以這五種基型，達成他所嚮往的日本文化中的侘寂美學，所謂春泥半分花半分的半分，早已透露這種「侘寂」的處世態度。

從離畢華俳句到離畢華的完成

離畢華以完整的百首俳句去實現他自己在〈序〉中所說的「第三期讀書計畫」，達成自己撥尋的侘寂美學，悟得了「春泥半分花半分」的天地倫理。或許二行俳句這種類型的小詩，正是侘寂美學最佳的載具，他體現了，他達成了！但是，天地有大美，即使是日本美學的四大概念，侘寂之外，還有物哀、幽玄、意氣，又該如何以詩、以畫、以小說去實踐？黑川雅之（Masayuki Kurokawa）更提出了八個字（「微」、「並」、「氣」、「間」、「秘」、「素」、「假」、「破」），可以互為前提、互為回應的八個美學意識，此外，希臘美學、中國傳統美學、天地大美……，又該如何去實踐？

是的，因為百首俳句的完成，我們對離畢華的期望就更大了！

二〇一九．大暑過後

又要節制又要揮灑

甲、典型中文系性格

楊子澗（楊孟煌，一九五三～），畢業於高雄師範大學（原名高雄師範學院）國文系，創辦「風燈」詩社並出版雙月刊，高中國文教師退休，退休後長期擔任作文教學工作。

這是楊子澗的基本資訊，跟他所發行的《現代律絕》息息相關。

師範大學、國文系、風燈、國文教師、作文教學，自然會有制式反應：典型的中文系性格。

乙、花間、山水的實質內涵

《劍塵詩抄一卷》（嘉義：興國出版社，一九七七）

《秋興：劍塵詩抄二卷》（北港：風燈詩社，一九八一）

《來時路》（斗六：雲林縣政府，二〇一六）

《花間作詞》（臺北：小雅文創，二〇一七）

《山水譜曲》（臺北：小雅文創，二〇一七）

這是楊子澗的出版資訊，跟他所發行的《現代律絕》息息相關。最初的兩本詩集都以「詩抄」爲名，「秋興」更是襲用詩聖杜甫律詩巔峰之作的題目；最近的兩部詩著作，又是作詞、又是譜曲，又是花間、又是山水，不也呼應著宋詞、元曲的名目體式，花間（集）、山水（情）的實質內涵！

出版過《花間作詞》、《山水譜曲》，怎能不繼續寫作《現代律絕》，從宋元二朝推向大唐一統？怎能不從花間、山水的內涵，推向八行、四行，外在形式的圓規方矩？

丙、與古典詩詞氣息相吁

「風燈」詩社的主要成員，大抵是以楊子潤爲主軸的高雄師院前後期校友，雲嘉南地區詩人，在二〇世紀七〇年代末期以素淨的臉譜、抒情的調子、婉約的風尚、無爭的態度，在詩壇上創作純粹的抒情詩。這樣的詩社性格，大約是因爲掌門人楊子潤所帶領而成。

洛夫（莫洛夫，一九二八～二〇一八）以〈從古典與浪漫躍升〉爲題，爲《秋興》詩集作序，一開始即言：「在年輕一輩的詩人中，楊子潤的風格既傾向於古典的深致與溫婉，且蘊含浪漫的綺麗與驚喜，有時也偶爾表現出對於現代世界的敏感。在語言上處處看似情溢言表，但他的內在精神卻是凝重的，甚至是悲劇性的，這種內省功夫，在他同輩的詩人中，並不多見。」

詩壇上有「方派」之說，因爲方思、方莘、方旗，詩的氣質類近。其實，楊牧、楊澤、楊子潤、楊亭，風格也有可以感通之處。「楊派」之說亦可成立。

以上三段是楊子潤的歷史評論，見於《新詩三百首百年新編》（臺北：九歌，二〇一七），跟今天他所出版的《現代律絕》仍然是息息相關。雖然，楊子潤的創作年代，幾乎可以截然劃分爲前後期，前期「揮劍揚塵時期」指《劍塵詩抄一卷》、《秋興：劍塵詩抄二卷》與《來時路》的「道情」卷，後期則是「收劍望塵時期」，二〇一五年之後的《來時路》「花芳」卷，加上《花間作詞》、《山水譜曲》與今日的《現代律絕》。但其中抒情、懷舊、與古典詩詞氣息相吁，卻是延續、舒緩而悠遠。

丁、花木的形色，作者內心鏡面的折射

楊子潤在《花間作詞》的代自序〈臨老入花叢〉中自言，詩集中花木的形態、顏色、樣貌、美醜，只是作者內心鏡面的折射。所以，這兩册學生的詩集，詩與攝影學生，花木與山水學生，詞與曲學生，因而，《花間作詞》、《山水譜曲》所宣示的是詩作的題材，藉助花木、山水而起興，以達諷刺揶揄的目的，以表生命感悟的靜美、無常的憂嘆。所謂花間作詞、山水譜曲云云，其實除了內在精神的古典匯通外，與宋詞的長短句、詞牌塡字方式無涉，與元曲的口語入詩、俚俗可親、諧趣戲劇、本色當行的特徵亦無涉。

在《花間作詞》、《山水譜曲》中，臨老入花叢的楊子潤，只在詩中遊山玩水、拈花惹草，不在格律上辨聲塡詞、襯字譜曲。兩部詩集的區隔不在《花間作詞》的風格比較「瀟灑而韶秀」、《山水譜曲》的風格比較「輕俊而疏放」（曾永義：《元人散曲選評註》語），而在書寫的「客體」一爲群芳圖譜，一爲山水景觀，而其精神，與宋詞、元曲卻邈無關涉。

但《現代律絕》則不然：「現代」指的是詩的當代現實，詩的堅實內容；「律絕」指的就是詩的外在形式，指涉的就是唐宋型的律詩與絕句，現代版的律詩與絕句，楊子澗式的律詩與絕句！

戊、律與絕的宋韻唐風

未看楊子澗式的律絕，先回頭看唐宋的律與絕，律與絕的宋韻唐風。

律詩格律（高中生應有的基本常識）：

一、每首八句（每兩句爲一聯），首二句爲第一聯（首聯），三、四句爲第二聯（頷聯），五、六句爲第三聯（頸聯），末二句爲第四聯（尾聯）。

二、句子長短全首一致，不是五言，就是七言。五言律詩，全首四十字，七言律詩，五十六字。

三、中間兩聯（頷、頸聯）必須各自對仗，首尾兩聯不必對仗。

四、二、四、六、八句（偶數句）須押韻，首句可押可不押，以押韻爲正格。

五、限押平聲韻，一韻到底，不可換韻。

六、十句（含）以上，稱爲排律或長律，平仄、對偶與律詩同，即首尾兩聯不必對仗，其餘各聯，兩兩相對。

舉一首崔顥的〈黃鶴樓〉爲例，以呼應楊子潤的山水嗜好：

昔人已乘黃鶴去，此地空餘黃鶴樓。（首聯，不必對仗）
黃鶴一去不復返，白雲千載空悠悠。（頷聯，必須對仗）
晴川歷歷漢陽樹，芳草萋萋鸚鵡洲。（頸聯，必須對仗）
日暮鄉關何處是？煙波江上使人愁。（尾聯，不必對仗）

所謂絕句，則是截取律詩格律上的一半篇幅，稱爲絕句（或截句），可以有四種截取法，截前四句（首聯＋頷聯），截後四句（頸聯＋尾聯），截中間四句（頷聯＋頸聯），截前後各兩句（首聯＋尾聯）。

爲了與楊子潤的《現代律絕》中的花草精神相呼應，我舉王維的〈辛夷塢〉爲例：

木末芙蓉花，山中發紅萼。
澗戶寂無人，紛紛開且落。

臺灣各地古典詩社寫作最多、競賽最頻的，就是這一類型的律絕，許多新詩人回頭去寫舊體詩，隨手揮就的也是這一類型的律與絕。

己、有限的形式，無限的突破

楊子澗選擇現代語文去仰承唐宋格律，但不能不簡化許多唐宋規矩。依據他在《現代律絕》自序中的發言，就形式而言，他有以下三點陳述：一、絕句四句（行），律詩八句（行），偶爾以「聯作」、「組詩」的方式去增長內容。二、打破律絕齊言、押韻、對仗的藩籬，不限字數，可齊言、可不齊言，齊言中有些字間標誌標點符號，看似齊言，若加以拆解，卻可以長短句視之。三、古之律詩絕句，行行續接而不中斷，今之律絕並無此限制，可依結構的起承轉合而分段。

依實際作品而言，楊子澗的《現代律絕》其實只保存詩篇八行、四行的限定，拋除了齊言、押韻、對仗的藩籬，增加了分段的變化，不採「排律」的行數增加、改用首數的累積，如〈男人的花三則〉、〈日本行腳八聯作〉。

在楊子澗之前，現代詩壇其實也有許多詩人做過這種嘗試，要以限定的篇幅，約制的行數，有限的形式，去做無限的突破，如張錯、王添源的十四行，洛夫、向陽的十行，岩上的八行，周慶華的七行，林煥彰的六行（含以下），白靈的五行，劉正偉的絕句四行，臺灣詩學季刊的截句四行（含以下），林建隆俳句、邱各容俳句三行，陳黎的小宇宙三行，瓦歷斯．諾幹的二行，吳衛峰、洪郁芬、郭至卿等人的華俳二行，離畢華的新臺灣俳句二行。他們都因爲現代詩興起之後，拋棄所有字句、格律的約束，漫無規格的寫作，因而有著自我節制的想法，能不能在限定的、經濟的行數中，舒展詩的無限可能？有人向西洋「商籟體」（sonnet）借鏡，有人向日本「俳句體」（はいく，haiku）反向取經，更多人藉唐宋「律絕體」瘦身、修正，他們的自覺，繽紛了現代詩的多彩形式，豐富了現代詩的多角經營。

唯楊子澗珍惜「律絕」舊名，不以行數相稱，形成獨特的風景。

庚、拘束的鐐銬裡舞出自己的身影

在漫無章節中尋找自己的章法，楊子澗找到現代律絕。
在拘束的鐐銬裡舞出自己的身影，楊子澗活化現代律絕。
楊子澗的現代律絕，首要特出的地方是段落的設計，特別是八行的律體。
試看律體的首發作品〈詠梅五首〉，第一首是二〇一五年二月的作品〈隨筆——讀王安石梅花〉，從王安石「牆角數枝梅，凌寒獨自開；遙知不是雪，為有暗香來。」發想，以七字八行的整齊形式配置，中間夾有新設計的三言句變化，文字則採文言句型：「掀帘幕　窺四野／未料緋紅盡落英」，偶數句句末還押韻，遊走在更韻、青韻、蒸韻之間，可以看出留存極多的舊慣習。這種以古典詩發想、跟古人以詩對話的作品，在《現代律絕》中出現不多，但楊子澗此類創作並未停歇，預料將成爲下一部詩集的主聲調。第一首因爲沿襲舊慣習，所以仍然一首詩自成一段落，未有更動。

〈詠梅五首〉第二首，距上一首的創作有兩年時間，是二〇一七年一月作品，〈老梅新穎〉，如題所示，既有老欉的根身，又有新穎的芽苗，所以，八行律，裝置爲二＋四＋二，第五首亦如此。第三首回復爲八仙相連的基本款式，第四首則以兩截式四＋四呈現，也頗符合詩之對舉的態勢。

從此，整個〈卷上／現代律詩〉，八行詩的裝置就有八，二＋四＋二，四＋四，四＋三＋一，二＋二＋二＋二，七＋一，一＋三＋三＋一，五＋二＋一，二＋三＋三，一＋二＋三＋二，一＋六＋一，三＋三＋二等多種隨詩意發展而安排的活潑詩型。〈卷下／現代絕句〉四行詩，行數單純，呈現出來的連四行爲大宗，三＋一、一＋三點綴其間，變化不大。雖然數學的排列組合方式還可以發展出更多的變化，但詩人安排詩型本來就不在求多，而在是否貼切詩意，能否揮灑韻味，楊子澗《現代律絕》的「現代性」表現在這裡，出奇制勝也在這裡。

辛、隨意揮灑之時知所節制

楊子澗的現代律絕，還有一項特出的地方是一行之間「齊」與「不齊」的斟酌。古典律絕，分為五言、七言兩種，每一句都是等長的字數，齊言的格局。但在楊子澗的白話《現代律絕》中，他做著兩種實驗：一種是自然而放任，任性而隨意伸縮，句子長度大約在十字上下；另一種是齊言的、整飾的、相等的字數，一般都拉長為十三或十四字的長度，但句字中又有標點，形成齊言的句子其實是由不齊言的句子合成。舉現代絕句為例：

不用知道季節的更遞
不必去看露水是否已經結霜
只需看我掌心的裂痕和
一臉的滄桑

〈楓〉

老屋崩解歲月的速度，越快越大
秋意因他而更濃烈，秋風太深邃
每一滴秋雨都很沉重，帶些蕭瑟
脊梁斷折仍頑抗湮滅灰飛的到來

〈傾圯的老屋〉

〈楓〉的節奏，適意而自在，如大自然中萬物順性而生而長，而消而亡。〈傾圯的老屋〉的音步，則可以感受到外在的一種壓力，巨大而難以抵禦，「逗點」的存在，彷彿在特定的壓力下偶爾可以獲得的喘息的機會。這兩種設計，應該是爲了適應詩的語境而特意區隔，楊子澗在大家隨意揮灑之時知所節制，卻又在自我節制之際，試嘗揮灑的自由。明代思想家顧炎武曾言：「似則失其所以為我，不似則失其所以為詩。」（《日知錄》）這是在基本詩法的束縛，與自我的氣口、聲嗽之間，尋找平衡點；在制式規範的遵行，與個人才情、氣質之間，取得制高點；在詩的本質與我的特質之間，獲得最大勝利。

壬、懷舊復古情義重

楊子潤是自我約制力極強的人，是懷舊復古情義極重的人，穿過這樣長時間的格律腔腸擠壓（二〇一五～二〇一九），穿過這樣「八行」的作繭自縛的歷練，應該像一個懷妊的人，任運而飛！

癸、從「八行」邁向「八方」

《說文解字》說解「癸」這個字：

「癸，冬時水土平，可揆度也，象水從四方流入地中之形。」

或許，正符應鄭愁予〈偈〉詩所言「這土地我一方來，將八方離去。」

揆度之後（律絕之後），楊子潤將會從「八行」邁向「八方」！

二〇一九．白露之前

讀詩的快樂等同於解謎的冒險

宋熹（宋德喜，一九五四～），歷史學的博士、教授，六十五歲的年紀準備推出他的第一本詩集《剩詩毬》，一定會引起詩壇的好奇與騷動。

這騷動，或許就像他寫給興大年輕同事解昆樺的詩：「誰說詩情畫意／總在年少輕狂時龍吟虎嘯／只在中年心事濃如酒／之際　山洪暴發」（〈詩心〉）。眞的，年少不輕狂，不龍吟虎嘯，怎會有中年的感觸、怎會有濃如酒的心事！怎會有蓄積的水量、怎會有暴發如山洪的聲勢！

「剩詩毬」的毬是什麼？

接讀《剩詩毬》，我跟大家一樣好奇，毬是什麼？爲什麼選「毬」作爲詩集的主意象？

中文系的同仁告訴我，「毬」就是「球」，古人稱爲「鞠丸」，現代人踢足球，古人就稱爲「蹴鞠」之戲。踢蹴的就是這種「鞠丸」，這種「毬」。

看看「毬」這個字，左邊是毛，表示「毬」的內部所充實的就是很輕很輕的羽毛，「毬」才可以拍擊、可以抛擲、可以踢蹴，現代人用「氣」代替羽毛來充實，那就更輕更匀了！「毬」的右邊是「求」，「求」有借其音、兼其義的效果，「求」是「裘」的本字，也就是「皮衣」的意思，所以「毬」是以皮爲衣，以皮爲衣可以富於彈性，這就是「毬」，外披以皮，中實以毛的「毬」。後代習用的「球」字，是一種中空的玉石製品，如「罄」、「磬」，中空是爲了可以發聲，本質上不適合踢蹴、拍擊。

後來，「毬」、「球」都用來形容圓形而成團的東西，繡球花、繡毬花，兩者都有人書寫。

常人都習用「球」字來做運動器材，宋熹獨選用「毬」字，或許就是喜歡詩和「毬」一樣，可以抛擲，可以拍擊，可以遊戲，可以養生吧！不要像地球、月球、水晶球、鉛球那樣沉、那樣累人。

詩、毬，就這樣結合，成爲這本詩集的主意象，輕盈、活潑而美好。

「剩詩毯」的剩詩是什麼？

宋熹鑄造新詞「剩詩」，他的靈感應該是來自於對漢字不甚熟悉的日本人，新世紀以來日本流行男性沙文主義傾向的「剩女」說法，帶著一絲貶意，特指年齡大而未出嫁的女性。其實，「剩女」中肯的說法是「三S女人」：Single、Seventies、Stuck（Stick的被動語態，被卡住了），是指單身、出生於上世紀七〇年代、遲遲未婚或不婚的女性。臺灣不是也有很多這樣的女性，獲得碩博士的高學位，卻錯過了青春；獲得教授、經理的高職位，卻錯過了愛情；擁有年薪百萬以上的高收入，卻錯過了婚姻。高學歷、高職位、高收入的三高女性，擁有高顏値、高氣質、高品質的生活水平，卻荒疏了婚姻，這樣的新女性會被高攀不起的男人戲謔爲「剩女」，但在這些男性內心深處，那高攀不起的女性，其實應該是他們想要攀緣的「聖女」、「勝女」。

宋熹爲文常常提起大學時期，認識洛夫、羊令野、管管、碧果、羅門、辛鬱、大荒、林煥彰、文曉村的細膩往事，顯露少年的新詩情懷，後來因爲休學、服役，轉換爲歷史學術研究，荒疏了對新詩的專注關注，再驚覺時已到了中年晚期，頗有「剩女」似的感嘆。好在，近六十歲的二〇一三年一個不眠的夜，家人卻在異地，讓他有了細微的悵觸之感，終而重審詩心，再提詩筆，這中間相隔幾近四十年，近「鄉」情怯，所以，宋熹謙稱自己中年晚期的作品，跟一般人的詩創作初啟在青少時代、持續到中壯年而未懈，有所不同，標舉爲「剩詩」，顯示了學者型謙虛、禮讓之風。

若是，宋熹忒謙的「剩詩」，標舉爲《剩詩毬》的這部詩集，有沒有可能成爲臺灣詩壇的「聖詩」、「勝詩」？

《剩詩毬》會是什麼？

宋熹在他的〈出版後記〉中揭開「剩詩毬」的命名由來，是因爲自己身上的「腎絲球」過濾率（glomerular filtration rate）降低到標準值以下，對於老之將至有所警覺，所以整理舊作、新篇，都爲一集，諧其音爲《剩詩毬》。這樣的命名，充滿了詩人的機智，顯現了作者自我調侃的功力，吐露了一個學者迎戰人生的樂觀胸懷。

不僅如此，書中還邀請書法家陳欽忠、洛夫、張默，美術家邱晟毅、王光傑，攝影家張豐吉等人，添枝加葉，著彩上色，成就「毬」身的整體美感，讓「剩詩」有了更大的揮灑空間。

輯一〈攀登〉是各期詩作的整合，可以視爲四十年來臺灣新詩風潮的縮時攝影（Time-lapse photography），今日我們以正常速度閱讀，卻會感覺四十年歲月就在二十六首詩中快速流逝。作爲一位歷史學者，宋熹竟然沒有寫作後標記日期的歷史癖好，純任他的詩作自在呈現，讓讀者純粹是一位讀者，不需要有窺探作者的念頭，不需要重回歷史現場，不需要了解作者的身家背景，詩就是詩，詩人抽身在詩之外，詩是一種客觀的、獨立自足的存在，可以游移在詩史的任一水域中而自如。

就這輯詩作而言，影響宋熹最深的兩位詩人應是羊令野（黃仲琮，一九二三～一九九四）與洛夫（莫洛夫，一九二八～二〇一八），羊令野是古典詩語言的珍惜者，宋熹的作品中頗多這種雅致之興。

> 在那窄窄的小草原上／我的馬，乃是極孤單極孤單的／一株枯樹／等待另一次
> 的出發與生長
>
> 〈詩想〉

> 想像有一種潔淨如禪的花朵／若隱若現　在青峰泥沼之間
>
> 〈攀登〉

我夾雜於眾樹眾石之中／恍如一位誤闖仙界的俗客／唐突而又塵緣未了

〈山村〉

一種浪漫揉合古典的氣息，一種塵緣未了而卻想望仙界雲霧的純淨心思，一種靜觀，不去思考德，而德卻未曾失去的宋熹。

其後，從屈原到李賀的五首〈神譜〉，標明是致敬洛夫的唐詩解構體，實則是歷史情懷的徘徊，若即若離的詩的關注，宋熹這一生與文史的綿纏，但他謙虛的說：這是「攀登」，「攀登」的歷程。

你製詩謎，我是詩之迷

《剩詩毬》輯一〈攀登〉，如果是通史性的寫作，由下而上的情的仰望，意的堅持，輯二〈詩謎〉則是列傳體的鑽探，由此至彼的思的蠡測。如果前者是隨興的點的觸發，後者卻是堅定的線的深入探險。我比較相信輯一是文青興奮者的情育留存，輯二是學者沉思的教育省察，兩者同是宋熹式的創作，而非宋德喜的思考。

輯二〈詩謎〉是系列創作，稱之爲「漢字詩」，共二十四首，每一首的題目都是單字，詩行則自在發展，內容不外乎世間事的碰撞、思考與心得，中年人所擁具的練達與睿智。這一輯〈詩謎〉的創作，彷彿也在呼應詩集名《剩詩毬》之所以爲《剩詩毬》的思辨歷程，那是詩人擇「字」的慎重表現。

早年有新加坡詩人王潤華（一九四一～）以篆字爲題，寫作〈象外象〉，引用《韓非子．解老篇》的話：「**人稀見生象也，而得死象之骨，按其圖以想其生也，故諸人之所以意想者，皆謂之象也。**」單純只從名詞的象形字、指事字等去探尋人間萬象，宋熹則不拘一格，隨事觸引，藉字揮灑。王潤華有中國文學系的文字學背景，宋熹自言是「**緣自個人喜好測字（拆字）**」，所以，說文新解、漢字成詩，自由多了！王潤華的〈象外象〉處理了「河、武、女、早、暮、東、秋」七字爲詩，〈觀望集〉處理了「井、雨、禿、羊、車、人」六首（見王潤華《觀望集》，臺北：國家書店，一九七八，頁三～二十三。）宋熹《剩詩毬》〈詩謎〉的二十四字則是「卡、北、美、山、金、森、尖、出、走、春、學、愛、憂、翅、俠、飛、囚、默、處、怒、暴、憩、冉、汕」，二人走向不同，擇字無一重複，文與史的工作者思維，新與臺的文化背景，或許有一些值得觀察的小端細倪存在其間。

中小學時，同學喜歡問：「上下一心把住關，猜一個字。」這是「字謎」。因爲有「把住關」這樣的說明，我們容易猜出「卡」的謎底。如果進一步更文雅的說法：「上下聯繫盼啟示，猜一個字。」我們可能在「盼啟示」時費了一些心思，難以得解。當然，謎面的文字還可以更講究：「承上啟下緊配合，嚴格把關不放鬆。」這就十分典雅了！還可以賦予「意象」，譬如說「上有影，猜一個字。」如果誤入「上面」有影子的地雷區，那就無法脫身，如果能理解爲「上」這個字有影子，腦海裡出現「上字」的倒影會如何呈現，影像一出現，「上」與「下」（「上」的倒影）一結合，「卡」字也出現了，謎，解開了。但，終究這還是「字謎」，不是詩。「詩謎」，不該只是這樣。看看宋熹的漢字詩吧！

宋熹的第一個詩謎就是「卡」字。

妳想攀梯而上青天／我要縱身躍下瑤池／可我們是連體嬰／命運的鎖鏈
把兩人緊扣相連
雖然陽關道往前直達福地／獨木橋後段別有洞天
今生我們已經如膠似漆糾纏／來世仍要拉著一根紅線／牽手同行

宋熹的「漢字詩」直接把「謎底」設定爲「詩題」，其後發展出來的詩行其實是謎面。如果願意先把詩題蓋住，讀完詩篇，又能確定詩題，則詩人與讀者會通成功，寫詩與解詩趨和一致。當然，「漢字詩」是詩，不是謎，既是詩，就會有水流、氣流一樣的情意流盪其中，就會有微電影式的畫面閃爍其中，就會有靈光一閃的哲思騰飛其中，這就是宋熹特殊設計的「漢字詩」。以〈卡〉詩爲例，第一節的畫面是妳要上青天，我卻想縱身瑤池，意向相反的兩個人卻被命運的鎖鏈緊扣相連，連體嬰似的不可切割。第二節說的是，陽關道直達福地，獨木橋別有洞天，——這時還要「妳走妳的陽關道，我過我的獨木橋」？第三節則是妳我今生如膠似漆，來世是否要拉著一根紅線牽手同行？不同的情意轉折，卻有著相同的指向。讀這輯詩，文字成爲導覽圖，要看讀者有沒有這種識圖的本能或本領。其實也可以重享謎樣的《剩詩毬》集名，我們破謎團而出時的那種喜悅！而且，這樣的「漢字詩」一共有二十四首，我們或許因此而成爲「詩謎」之迷。

宋熹自言，當初寫作漢字詩謎，「緣自個人喜好測字（拆字）」，測字最主要的手法與目的，就是將字拆合，重新思考新的可能，甚至於憑以判定物之吉凶、事之成敗。如「卡」字所屬的部首爲「卜」，則「卡」字可以析爲「上卜」或「卜下」，也可以析爲「上、下」，還可以加筆爲「汴」、減筆爲「卞」。吉凶論定時，如字謎「上下一心把住關，猜一個字」的謎面，可以換成「上下一心」、「上下串通」、「上下合一」、「上下難分」、「上下對峙」、「上下對望」等謎面，吉凶就有了不同。又如部首的「卜」字，測字者可以解爲「金枝玉葉」的富貴相（卜字中間那一豎，是「金」字的枝幹，卜字右邊那一點，是「玉」字的葉子），也可以說是「上下無依」，吉凶走向，完全相反。這對於詩作創作者而言，岔分出許多想像空間。以〈卡〉詩來看，宋熹的三節作品，各有屬性，首節身相依、心相離，是苦；次節，陽關道與獨木橋，平分秋色；第三節身心相合，且又加上時間的追求，祈求時間延續，來世再續。不是一卡、再卡、三卡的單一走向，宋詩，因而有了曲折、波瀾、含蓄中連連的驚喜。

《剩詩毬》眞正的謎底在哪裡？

從一開始，宋熹就製了許多詩謎，等待我們去索解。讀詩的快樂，其實等同於解謎的冒險，闖關式的喜悅。毬來了，他的勝詩不該是我們的剩詩吧！

二〇一九・聖誕夜

有夢最美，因為相隨的是希望

「有夢最美」，如果有人說出這四個字，華語世界裡立即會有人制約反應式的說「希望相隨」，好像流傳已久的歇後語似的。歇後語，往往是常民生活多年累積的普遍經驗，「有夢最美，希望相隨」卻只有二十二年，一九九八年路寒袖爲競選連任臺北市長的陳水扁而寫的歌詩中擷取出來的 slogan，但流傳的空間卻不限於臺北市、臺灣島，甚而及於東南亞、大陸，華語使用地區，流傳的業界也不限於政治界，房產、音樂藝文、美容、體適能、珍珠奶茶……哪一個行業不是希望「希望相隨！」

路寒袖（王志誠，一九五八～）可能是全世界爲競選人寫作歌詩的第一人，從一九九四年的〈臺北新故鄉〉、〈春天的花蕊〉開始，二十六年來十八首作品，幾乎均能成爲傳唱名曲，最近他集結二〇〇二至二〇二〇年的臺語詩（包含了所有的競選歌曲），都爲一集，就以《有夢最美》命名，詩分四輯，輯名依次是〈有夢最美〉的末四句「行過歷史的牆圍／步步向前春花開／有夢的人上蓋婧／希望永遠伴相隨」，足見他個人對這首詩的偏愛，值得以這首詩分析路寒袖競選歌詩成功的精神所在。根據一再縈繞我們腦海中的聲音，《有夢最美》掌握住了人類最初的「烏托邦」（理想國、桃花源）想望，延續著屈原、陶淵明、柏拉圖的美政的企求，完全寄託在歌詞旋律中，沒有一首漏失這樣的主題：一起打造新城市，「街路清氣溪全魚」，起心爲著好所在，「尊嚴自在傳百代」。其次是傳承臺語歌曲從一九三三年開唱的〈望春風〉——臺灣人心中寄望春天降臨的吶喊，「夢」與「望」的臺語發音完全一樣，夢春、望春，一路在心中交互蒸騰：臺北「夢已經振動，奮鬥毋通放」，「陣陣春雨若甘露／春光燦爛鋪大路」，高雄「春天開始的都市」，臺中「一個向望一葩火」、「雨若落煞，景緻清閣青」，花蓮「臺灣的花園，清芳飛遠遠」，臺灣「春風叫醒咱心肝，滿地翠青好作伴」，望春，春夢，臺灣人的春風來有時，去無影，臨秋、寒袖，帶領著大家望啊望……

其實，路寒袖的競選歌寫作，自有他的創意宗旨與核心價值，歸納起來應該也有兩大亮點：一是堅心追求民主，處處提醒大家人民就是主，「拍開燈火揣希望，希望原來就是咱」，「伸手探望咱將來，溫溫燒燒佇心內」，原來我們就是這個城市、這個國家的希望，這是對「民」主極大的鼓舞。二是以生命疼惜臺灣，時時刻刻都在呼喚「我絕對會忍著苦，用性命來共你照顧」，「想起故鄉上媠的名字……伊永遠永遠是我的性命。」

以這四個基點來看路寒袖臺語詩集《有夢最美》，從實用性的競選歌謠發展爲或局部、或整全的臺灣「地誌詩」，以花、以春來招引大家對未來臺灣的嚮往，善用「七字調」的通俗性召喚大家心底的共同旋律，希望臺灣永遠有著「希望」相隨！

二〇二〇・十一・十八

坐進空白裡讓詩萬有

最概略性的分類，一輩子都將生活提煉成詩的向明（董平，一九二八～），我往往將他歸之爲儒家美學的躬行者，與余光中（一九二八～二〇一七）同在溫柔敦厚的詩教裡提煉生活、提煉詩藝。不同的是，生活在臺北的生活圈，他有更多的時間與周夢蝶（一九二一～二〇一四）、楊風（楊惠南，一九四三～）這樣的禪學詩人相互薰染，所以最新的詩（話）集，他取了一個帶禪味的書名《坐進空白》（詩藝文出版社，二〇二〇）。

初讀這本詩（話）集時，書法體的書名讓我以爲是「走進空白」，動詞的「走」是有著積極主動的決心的，我走、我看、我征服的意念隨時呈露，「進」，更是一種方向、意志的展現，我想：這麼強的理性如何能走進「空白」那開闊的境界？因著這一疑，我再定睛細看，嘿，是「坐進空白」呀！這「走」與「坐」，音近（一爲上聲 zhuo、一爲去聲 zou），形近（都有一個「土」字形，「走」的「土」可能是「大」字的變形（人揮手舉步的象形，跑步的樣子），「坐」的「土」則是穩實的「土」），但二字字義不同，「走」太急驟、太駿奔，「坐」進空白卻有了一分優雅，一分心靈的定靜，一分踏實。

仔細讀這首取爲書名的主題詩〈坐進空白〉：「能坐進那時空交錯的空白嗎？／每個遁逃的靈魂都感困頓／蒲團上已留下大片汗漬／／頭上有鳥飛過／淒涼長嘯一聲／彷彿答非所問」（《坐進空白》頁八十五）。上段闢頭就問「能坐進那時空交錯的空白嗎？」這一問是禪學裡的大哉問，僧尼、佛教信仰者都在思考「色」與「空」所糾纏的本質性問題，如何悟空？（向明認爲：遁逃的靈魂都感困頓），這尋求答案的過程相當漫長而艱辛（向明示以意象：蒲團上留下大片汗漬），悟者、覺者或有所悟、或有所覺，但終究無法舉以示人，即使舉以示人，也要看那人能會與否？下段就是舉以示人的「答非所問」，第四行直接跳到「蒲團」之外的大自然場景——再平凡不過的「有鳥飛過」，但是鳥與人的情覺終究有著巨大的差距、隔絕，譬如「鳥叫」是溫婉的啁啾、還是淒涼的長嘯，恐怕都會言人人殊，即使人類覺得是「溫婉的啁啾」，也未必就是鳥類的溫婉！人類覺得是「淒涼的長嘯」，也未必就是鳥類的淒涼！向明選擇了「淒涼的長嘯」這麼強烈的音效，應該有著「棒喝」的作用，要人從蒲團上的思索中驚醒，截斷思緒中的衆流，突入「空白」吧！

悟「空」，原來就不是容易事，讀者或許也不可能從向明的一首詩中頓悟空觀，詩人應該也沒有這種企圖。

悟「空」，一般凡夫俗子，非僧尼之輩，大約要從「緣起性空」這四個字去悟解。人世間的萬物萬事，都是由因緣和合而成，植物之所以成長，種子、土壤、陽光、水，缺一不可，還要加上時間的等待，節氣的配合，甚至於動物的刻意缺席、不加侵擾，這些都是因緣，其中一項如土壤換爲石頭，種子就無法從土壤刻意或無心的包覆中爆芽而出，因緣未和合，植物不能萌芽。所以，成住壞空都有他的因緣，任何可見可感的物、事，都因爲些微的變化而分歧、而差異，所以不可能會走同一的軌轍，不可能會有同一的成果，這就是所謂的無常，世間萬物萬事，會有所謂的「絕對自性」嗎？不會，這就是性空。

向明所要坐進的空白，就是這樣的空白，這樣的空白——空間空、時間空、性空，所以就有了無限的可能。

詩，向明心目中的詩，就有著這種「無限的可能」！

《坐進空白》的小標題是「向明寫詩讀詩」，向明在此書的〔附卷〕〈向明文學創作年表〉中的最後一行，則將此書歸類為「詩話集」。因此，〔上卷〕的寫詩篇，不妨視為〔下卷〕讀詩篇的示範作，其中甚多篇章都環繞著詩人與詩，如〈一桶釘子——參加詩會後〉、〈詩人與上帝〉、〈誓詩〉、〈零碎詩〉、〈詩的蠻荒〉、〈詩之外〉、〈一首詩的死亡〉、〈嫌詩〉、〈一個姓詩的人〉，正面或反面，調侃或諷刺，委婉或棒喝，都在以詩說詩，都是以詩的型態寫成的詩話，都在呼應代序之文〈詩人與詩——向明發燒語〉。

一九八九年六月開始，向明即為當時的《中華日報．青春天地》開闢專欄「詩餘劄記」，這是向明為青年學子推展新詩教育的第一步，作為臺灣最早、最勤於新詩教育的覃子豪（一九一二～一九六三）的第一批學生，向明秉承師志，從此開展了新詩詩話的長期撰述，工程浩博，時空增大，截至目前為止，計有《客子光陰詩卷裡》（耀文，一九九三）、《新詩五十問》（爾雅，一九九七）、《新詩後五十問》（爾雅，一九九八）、《走在詩國邊緣》（爾雅，二〇〇二）、《窺詩手記》（禹臨，二〇〇二）、《詩來詩往》（三民，二〇〇三）、《和你輕鬆談詩》（詩藝文，二〇〇四）、《新詩百問》（爾雅，二〇〇八）、《無邊光景在詩中》（秀威，二〇一一）、《詩之外》（詩藝文，二〇一七）、《詩人詩世界》（秀威，二〇一七）、《坐進空白》（詩藝文，二〇二〇）等共十二種。

向明詩話之作既多，觸角益廣，海峽兩岸不在話下，古今中外大涵全括，名家新秀都有挑揀，抒情論事無所不及，以《坐進空白》而言，敍利亞詩學大師阿多尼斯、《詩生活網刊》的呆呆、以陌生化的隱喻來演繹思想觀念的管一、混沌詩學的余怒、你不認識的李潯、我不熟悉的蔣碧薇、大陸女詩人梅爾、遊俠詩人阮囊，這就是向明邀請我們坐進的空白！更不要說〔上卷．寫詩篇〕詩作，隨處呈露出來的新詩寫作技巧的呼應。

「色即是空，空即是色」佛家的這種觀點，向明或許是以詩的萬有來點明他的空白觀吧！

二〇二〇．八．十二

使命必達的蘇紹連

有的文學家會關注「性命」的樣態，小我、大我的喜怒哀樂，地緣的、遠方的、國際的戰爭、苦難與瘟疫。有的文學家思考「生命」：我是誰、從哪裡來、到哪裡去，心如何安、如何立。有的文學家負有天賦的「使命」，不是凡夫俗子如我者所能揣測。

我說的是蘇紹連。

蘇紹連是臺灣近百年來，詩中充盈著巨大強辯力的詩人，但他不屬於學院裡的詩學理論家。學院裡的詩學理論家或能從學理上細數他的脈絡，如張漢良、簡政珍、孟樊就是，但蘇紹連自成系統，爆發性強，讀者無法預料他的下一首詩、下一部詩集，會是什麼格局、何種主題、怎樣形式、如何出擊，等到他「詩」成、「集」結，讓人驚喜以對，雖然唇無槍，舌非劍，但蘇詩中所顯現的韌性論述（其實也可能是任性論述），卻讓人

無形中接納了他的格局、接納了他的主題、接納了他的形式、概括承受了他的出擊。

以他最近出版的詩集來看他的滔滔黑龍江、烏蘇里江：

《我叫米克斯》（二〇二〇），強烈顯示臺灣多元文化的混搭現實，伸延語言的混搭勁力。

《非現實之城》（二〇一九），倒是說了大家的共同見解：詩本寫現實，但寫成的詩因摻合了作者個人的「情志」，已經不是原本現實的眞實，所以他特別提出否定性用語「非現實」。

《無意象之城》（二〇一七），逆勢操作，要以無意象的語言開創詩學新體系，書末附錄創作「無意象詩」的論述，達成創作與理論左右並行、相互印證的雙軌成效，大約是他近期最大膽的論說。

《你在雨中的書房，我在街頭——蘇紹連詩攝影集》（二〇一八）、《鏡頭回眸——攝影與詩的思維》（二〇一六），此一系列詩與攝影的對話，好像是「美術老師」蘇紹連與「詩人」蘇紹連內心的糾葛，眞實與虛擬的對抗，圖像與意象的刺探。

這些詩集都具有強大的雄辯性，論說力，某種使命感。

現實中的蘇紹連是木訥的、寡言的、溫良的，因此也就更反襯出他詩作的雄辯性，論說力，使命感。

以這樣的文化背景來閱讀他的新作〈戰後詩人的歲月背影〉（《人間魚》詩生活誌，第七期，二〇二一．十），是否就有了見到眉目與眼神的喜悅？

〈戰後詩人的歲月背影〉不會是抒情的題目，蘇紹連一向就不屬於婉約抒情的優雅份子，當然蘇紹連一向也不以敘事紀史爲專擅，所以，這是一首言志的作品，正是前段所述，蘇紹連每一首獨立的詩都含蘊著極大的話語能量，蓄藏著言說的熱烈岩漿，〈戰後詩人的歲月背影〉從題目就感受到蘇紹連有話要說，歲月、背影，或許是他常說的話，但加上「戰後詩人」的主題性、限制詞，就不是他以前所曾關注的。

近幾年來，蘇紹連關注著詩與攝影的互動，我們一般人拍照，注意的是紀念性、美感，強調光影、角度、構圖，蘇紹連則企圖在鏡頭下、畫面中找到詩，這詩也不是我們一般人所認知的抒情而唯美的「景」，卻是他可以憑以說話的「境」，「景」應該是美的、怡然的、賞心悅目的，「境」卻不然，重點在：有人、有事、有物，有許多話可說、要說。所以，這首詩的最初觸發點，很可能是「**在官府廳舍灰泥和紅磚砌造的牆邊**」，那種斑駁、滄桑感，觸動了詩興，沿著這樣的牆壁之邊，攝影、素描，希望留下時代留下的光的碎片。

因著牆面的斑駁，連接上歷史，而「戰後詩人」正有著許多可以言說的資材。

因著牆面，視覺上連上牆根、小草，小草的韌力、蔓延，在地底活存的黑暗面，是讀者可以藉以延伸的話語權，當然也可以就此煞住。同樣，「你埋首在自己的雙掌裡／弓自己的身體軀殼，如一枚／木魚」，是聽覺上的延伸，讀者可以繼續延伸木魚的、戰後詩人的「詩」的論說力道，或者就此打住。但是，在這樣的牆邊，蘇紹連將你加了進來，你參與了歷史，參與了他的辯證團隊，同其視野，同其口舌，不忍戰後詩人「他們在背景裡面成為背景／成為控制者的控制／成為張貼告示的／無言的木板」——不忍成爲一堵衰敗的牆。

詩的後半段，蘇紹連著力在書寫「戰後詩人」這個族群的隱諱一生，也是他在這首詩中論說的主力所在，穿越過去、現在、雲端，化入你我的肉身、靈魂。——或如那堵衰敗的牆。

蘇紹連的詩自有他的「使命」，進入他的詩中，體會他的使命必達的決志與歷程，我們所閱讀的就不止於一堵牆的表面，而是牆的生命及其歷史的高度與厚度。或許，更能理解我曾以拆字的方式，訴說「蘇紹連」的「蘇」是文學生命的甦醒，「紹」是歷史文化或箕或裘的紹承，「連」是空間的視野，包括文體的跨界、世代的繫聯，那種巨大強辯力的詩的主人！

二〇二一・九・二十　中秋節前夕

髣髴美學：馬來西亞與溫任平的新路

一、溫任平，馬來西亞華文詩壇一個舒坦的名字

溫任平（溫瑞庭，一九四四～），一個舒坦的名字，任隨自然，平和自己與同儕。

原籍廣東梅縣，出生於馬來西亞霹靂州怡保的溫任平，以自學方式考獲英國劍橋高級文憑，並錄取劍橋大學漢學系海外生。

溫任平，一生舒坦的中學教師經歷，曾於拿督沙咯中學、金寶培元國中、怡保育才國中、霹靂金寶培元獨中、吉隆坡尊孔獨中執教。

溫任平，一個舒坦的華文寫詩人，一九七二年創立天狼星詩社並擔任社長，

一九八九年天狼星詩社結束，但他個人仍繼續寫詩，著有詩集：《無弦琴》、《流放是一種傷》、《衆生的神》、《扇形地帶》、《戴著帽子思想》，近年更在臺灣出版《傾斜》（秀威，二〇一八）、《衣冠南渡》（秀威，二〇二一）。

溫任平，一個舒坦的馬華文學觀察家，一生關注天狼星社員的星海浮沉，編著《馬華文學板塊觀察》、《大馬詩選》、《衆聲喧嘩——天狼星詩作精選》、《天狼星科幻詩選》，二〇一〇年獲頒第六屆大馬華人文化獎。

這樣的溫任平相關敍述，反襯著小他十歲的弟弟溫瑞安（一九五四～）在二十世紀七〇、八〇年代的鋼鐵意志所塑造的文學江湖、武俠現實、中國想像（詳見溫瑞安《馬華文學板塊觀察·從北進想像倒退而結網》，臺北：秀威，二〇一五；李宗舜：《烏托邦幻滅王國》，臺北：秀威，二〇一二）。其實也對應出另一股相異的學院論評，如黃錦樹的《現實與詩意》（臺北：麥田，二〇二二），張錦忠等編的《馬華文學與文化讀本》（臺北：時報，二〇二二），陳大爲、鍾怡雯編的《馬華新詩史讀本》（臺北：萬卷樓，二〇〇六），形成馬華文學現場的傾斜性。

二、傾斜，是取得髣髴美學最初的訣或缺

溫任平的第六部詩集就叫《傾斜》，他在自序裡引述了尼采（Friedrich Wilhelm Nietzsche，一八四四～一九〇〇）和戴望舒（一九〇五～一九五〇）兩人相類近的觀點：

> 尼采的修辭問句：「那個人在說甚麼？他說出了的話，他還隱瞞了些甚麼話還沒說出來？」
>
> 戴望舒說：「詩是一種吞吞吐吐的東西，動機在表現自己與隱藏自己之間。」

溫任平顯然在有意無意間同意：詩在言說／未言說之際，表現／遮蔽之間那不一定明晰的縫隙裡，自有詩自己的出路。

或者換另種說法：「只有詩或廣義的藝術，讓我有能力超越時空的桎梏羈絆，讓我有能力在三維或是多維空間馳行無阻。我中有你、你中有我；『我』與『你』同為一人，『我』『你』『他』甚至可以同體異生（mutations）。」（《傾斜．自序》）

所謂「傾斜」，是在多維空間的傾斜，傾斜向古、向今，向我、向你，向華、向馬多一些，卻也不忘記另一方的存在。

《傾斜》是二〇一四至二〇一六年密集寫作的精華，二〇一八年出版。《衣冠南渡》則是另一部變體的政治詩集，作者將此書歸屬於魔幻寫實之作，出版於二〇二一年。（魔幻與寫實，不也是悖反、兩極、矛盾的對立依存？）《衣冠南渡》此書前有三位年輕學者的序文，探討溫任平的現實本土與中華傳承，後有溫任平〈後記〉吐露的心聲：「生活的趣味在於驚喜，生命的趣味在於『似曾相識』（法語 déjà vu），在於『偶然發現』（serendipity），在於『頓悟式顯現』（epiphany），甚至在於一剎那的『入神』（entranced）或『恍神』（space out）。」執行出版計畫的朋友依此引用成語：「一瞬即逝、錯身而過、剎那回眸、似曾相識、猝不及防、恍惚失神」，倒也多少見出此一時期溫任平詩作的內在精神與稀疏外貌。

以上所引用的論述都出現在最新出版的詩集：有著「態度傾向」的《傾斜》，有著「現實指向」的《衣冠南渡》中。「說出了的話」與「隱瞞了些甚麼還沒說出來的話」，「表現自己」與「隱藏自己」，我、你、他，甚至可以「同體」而「異生」，或者說「似曾相識、偶然發現、頓悟式顯現、一剎那的入神或恍神」，結合這些詞意，是不是都在傳遞著兩個字：「髣髴」！

都在呼喚著兩個字：「髣髴」！

三、髣髴美學：若輕雲之蔽月流風之迴雪

最近溫任平希望將二〇一四至二〇二二近十年間詩作，編年順月，輯爲一書，以《髣髴》命其名，而且在電話中特別叮囑，他選的是「髣髴」二字，不用「彷彿」與「仿佛」。考察這三個詞語，是相互之間可以通用的雙聲連綿詞，意思都是：好像、似乎、近似、猶如、宛如、宛若。引用古籍裡的典故，如果將這三個詞語互換（彷彿↓仿佛↓髣髴↓彷彿），依然暢順不疑，一無罣礙：

戰國・屈原《楚辭・遠遊》：「時髣髴以遙見兮，精以往來。」

西漢・司馬相如《長門賦》：「時彷彿以物類兮，象積石之將將。」

魏・曹植《洛神賦》：「髣髴兮若輕雲之蔽月，飄颻兮若流風之迴雪。」

西晉・潘岳《寡婦賦》：「耳傾想於疇昔兮，仿佛乎平素。」

東晉・陶淵明〈桃花源記〉：「山有小口，髣髴若有光。」

南朝梁・劉勰《文心雕龍・哀弔》：「卒章五言，頗似歌謠，亦彷彿乎漢武也。」

北宋・蘇軾〈臨江仙・夜飲東坡醒復醉〉：「夜飲東坡醒復醉，歸來髣髴三更。」

清・吳敬梓《儒林外史》第八回：「王惠見那少年彷彿有些認得，卻想不起。」

以上「副詞」的「髣髴」是不是都有一種不確定感，不精審貌？《說文解字》用的「視不諟」、「視不諦」、「視不審」——看，但不用看那麼明確晶亮。即使當作名詞來使用，也只能是大致、大概的樣子，連蘇東坡都有「態狀千萬」，要略寫其「彷彿」都不容易的慨歎：「**所居臨大江，望武昌諸山如咫尺，時復葉舟縱游其間，風雨雲月，陰晴蚤暮，態狀千萬，恨無一語略寫其彷彿耳。**」（北宋．蘇軾：〈答上官長官書〉之二）

劉正偉曾以〈北渡與南歸的二律背反〉爲題，論述溫任平《衣冠南渡》詩集中「**理想與現實的交煎、原鄉與故鄉的拉扯、文明與在地的衝突**」，一如所有東南亞國家華裔人士的內心煎熬，菲華、泰華、新華、馬華……相類近的現實糾葛、文化迷惘。

但是，兩年後的這部詩集，與《傾斜》、《衣冠南渡》重複著許多詩篇，溫任平卻選擇了《髣髴》之名，這是近似、宛若的東西方學理之相互斟酌，依違的政治風尚之兩可選擇，時強時弱的人生潮浪之放任態勢，是不是在蕉風椰雨中，從「衝撞」加了水走向「沖淡」，從「對視」開了口走向「對談」，從「不安」的生態與心態中逐漸「安頓」生靈與心靈，從「結與固」，走向「解與放」？

《髣髴》各輯之名，不外乎「角色扮演」、「粉墨登場」、「虛實相應」、「空間穿梭」，最後終結爲「新版刀劍笑」。也就是上場了，我們在歷史裡扮演什麼角色，今日之實對應著往昔的哪個虛，未來又會成爲什麼樣的虛，會不會刀與劍的當下對峙也不過是歷史裡的一聲笑！

再回頭思考「髣髴」的可能隱義吧！

「彷彿」、「仿佛」與「髣髴」，三個「音相同」的通同詞語，「彷」與「彿」又具有雙聲效果的連綿詞，溫任平放棄了單人旁、雙人旁的「仿佛」、「彷彿」，特別選用以「髟」字爲部首的「髣髴」，是因爲「髟」字（音「標」biāo）有著「長毛飄垂」的樣貌，讓人與物之間有著距離感形成的美？讓兩極之間有著髮鬚飄飄的消融之境？

進而暗示著現實下臟器裡的小石子、心尖的憂煩、人生路上的障礙物、文化與文化間的眼翳、國族與國族的鐵蒺藜，都可以視爲是長毛飄垂，終究要逐漸消融？溫任平的詩集曾經《戴著帽子思想》，曾經以爲是《衣冠南渡》，如今是否想帶領著天狼星下的人群想像著、享受著《髣髴》之美！

這髣髴之美，要以三國時代曹植《洛神賦》的「**髣髴兮若輕雲之蔽月，飄飄兮若流風之迴雪**」最有現代意境，任何一國的北境、南境都能想像，她們絲一樣在溫任平的《髣髴》詩集裡飄著、拂著。

如是，回頭重讀溫任平的詩〈髣髴〉：

> 髣髴是那個文武兼備的／嶺南旅客，行李裡有乾糧／水囊，刃首與幾冊線裝／塵暴颳起，蓬帳晃動，狂風／刀子似的刮着漢子的鬍髭與大地／他要去北方，傾斜的北進想像／茶樓酒肆在世界的範圍／對於一個過客並無兩樣／都是吹着口哨走進客棧／不外一兩白乾送牛肉乾／文的搞文牘武的當守衛／髣髴——／
>
> 我是被史家抹掉的南洋

這當兒，心中多的是「茶樓酒肆在世界的範圍／對於一個過客並無兩樣」的氣場迴盪，不會再有「我是被史家抹掉的南洋」的刀劍憤懣。

溫任平的〈髣髴〉，讓我放開自己，以周夢蝶（一九二一～二〇一四）〈我選擇：共三十三行——仿波蘭女詩人 Wislawa Szymborska〉的最後兩行加以思考：

> 我選擇最後一人成究竟覺

我選擇不選擇。

周夢蝶這首詩發表於《中華日報》（二〇〇四・七・二十一，二〇〇四・八・十），最後收入在「掃葉工房」版的《夢蝶全集・詩卷三》〈有一種鳥或人〉之〈附錄〉，詩共三十三行，前三十二行都以「我選擇」開其端，文字長短不拘，事項品類亦不編其次，「我選擇紫色。／我選擇早睡早起早出早歸。／我選擇冷粥，破硯，晴窗；忙人之所閒而閒人之所忙。／我選擇非必不得已，一切事，無分巨細，總自己動手。……我選擇牢記不如淡墨。（先慈語）／我選擇穩坐釣魚臺，看他風浪起。（先祖母語）／我選擇熱脹冷縮，如鐵軌與鐵軌之不離不即。／我選擇行乎其所不得不行，而止乎其所當止。」每一行都以句點結束，惟最後兩行「我選擇最後一人成究竟覺／我選擇不選擇」中間無句點，可以視爲一句話，鋪排了天地間的萬象森羅、人世間的萬千端緒之最後，一人而成的究竟覺，竟是「我選擇不選擇」。

「不選擇」的眞諦，不是不能選擇、不會選擇、不願選擇、不可選擇。

而是「不用選擇」。

「不用選擇」，隨心所欲，隨願而行，隨遇而安，盡皆所當——也無所謂當或不當，此所以「不（用）選擇」。

以這樣的悟知來看溫任平的〈髣髴〉，是不是會有髣髴兮若輕雲之蔽月，髣髴兮若流風之迴雪！

四、髣髴美學：你有你的一帶一路，他有他的一帶一路

老子說：「有物混成，先天地生。寂兮寥兮，獨立而不改，周行而不殆，可以為天地母。吾不知其名，強字之曰：道。」（《老子》，第二十五章）。老子又說：「孔德之容，惟道是從。道之為物，惟恍惟惚。惚兮恍兮，其中有象。恍兮惚兮，其中有物。窈兮冥兮，其中有精。其精甚真，其中有信。自今及古，其名不去，以閱眾甫。吾何以知眾甫之狀哉？以此。」（《老子》，第二十一章）。道家的老子是用「寂兮寥兮」、「惚兮恍兮」、「恍兮惚兮」、「窈兮冥兮」去形容萬物生成前的「道」的漾態，再經由這個「道」去認知萬物最初始的眾多形貌，寂寥、恍惚、窈冥，這些詞彙的意義都有深遠、幽靜、渾沌之美，這渾沌之美不就是輕雲蔽月，流風迴雪的「髣髴」嗎？

道，就是路。道路（the way）隱喻著接近眞理（the truth），接近生命（the

life）。基督教的耶穌說：「我就是道路、真理、生命；若不藉著我，沒有人能到父那裡去。」（《聖經．約翰福音》一四：六）。宗教家或許可以有著這樣的信仰，文學家卻不能如此霸著「道」，不能如此「我要爲你」指路、引路、帶路，以自己所行做爲唯一的路。世界上所有華人所到的地方，應用華文、漢字所創作的文學，不論是菲華、馬華、越華、泰華、新華、緬華、印華……，甚至於中國大陸、臺港澳、美加地區、歐洲地區、澳洲地區的華人，華夏文化的沾濡者、信奉者，都不能如此指路、引路、「帶路」。我們所相信的，或許是：菲律賓這一帶有這一帶的文學路，泰國這一帶有這一帶的文學路，馬來西亞這一帶有這一帶的文學路……，若是，「一帶一路」，顯現世界各地的文學風華，也各自尊重相異的品味。

時間軸上，唐朝的禪比諸宋朝的禪有著大開大闔的氣象，宋朝的茶比諸唐朝有著潤唇潤心的氣韻，這是另一類型的一帶一路，或可修正空間的「帶」爲時間的「代」，正名爲「一代一路」，不必拘古、泥古，自可開出茶的新路、詩的新路。

若此，世華創作裡的「髣髴美學」或可得出兩條軌轍，其一是華與馬華、馬華與新華、新華與泰華……的無限繫聯之間，「不似則失其所以為詩，似則失其所以為我」（顧炎武《日知錄》），這是以「華」爲根柢的繫聯，自有她五千年的文化基因、詩學素養、品味堅持，似與不似之間，「髣髴」是美。其二是「一帶一路」的規格：這一路有這一路的屬科學的現代傳播，這一帶卻也該顯現這一帶的屬人文的風土色彩，菲華必有異於越華的芒果香，越華必有異於印華的法國氣，而印華就是不想發散美加的洋涇濱、臺灣的颱風眼⋯⋯。這其間的異，「髣髴」有其眞。有其美。

二〇二三・十・十八

方寸之地的詹澈聲勢

壹、誰也約制不了的駿馬一四

濁水溪畔的沙埔地、西瓜寮，不能限拘他。

八七水災可能沖壞了一些龍王廟、非龍王廟，沖毀了彰化的田園、山園疆界，但是也沒能沖倒他。

臺東、蘭嶼的青黃稻野、蔚藍海岸，那麼長那麼開闊，無法綑縛住他。

凱達格蘭大道那麼寬敞、總統府前那麼多鐵蒺藜，卻也約制不了他的馳騁——地平線是虛擬的，他確眞認爲，海峽中線也是虛擬的。

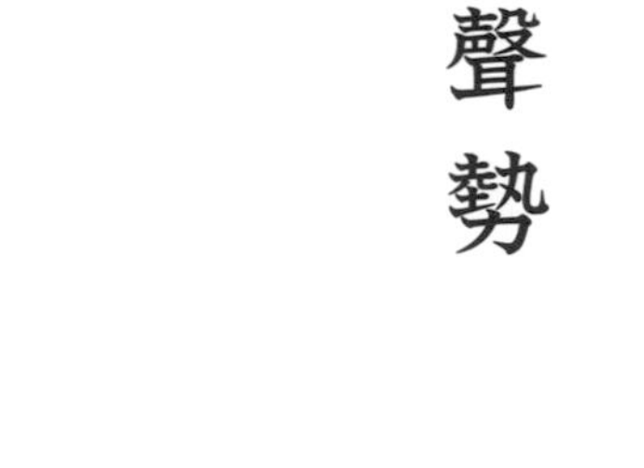

他是詹澈（詹朝立，一九五四～）。

他的詩〈方寸之地〉告訴我們，他的已逝的父親詹茂城日日夜夜在西瓜園四周堆疊石頭，這城垛的圍城，曾經是風沙刺眼時含著淚水的，他的詩的夢土與堡壘。

貳、活力旺盛如野草蔓生於大地

詹澈，臺灣黨外雜誌《春風》、《夏潮》的「風潮」鼓動者，上世紀七〇年代自外於三大主流詩社（創世紀、藍星、笠）的《草根》、《詩潮》的詩刊同仁。這兩句話所共同強調的只有一個字「外」，城外、郊外、野外、體制外。

他的職稱、職位、職責繁多：臺東地區農會推廣股長、會務股長、供銷部主任、企劃專員，臺東縣政府文化局、民政局、旅遊局專員，臺灣農權運動發起人，臺灣農民聯盟第一屆副主席，臺灣農漁會自救會辦公室主任，財團法人國家政策研究基金會顧問，任務型國大代表，臺灣區雜糧發展基金會專員，臺灣區蠶業發展基金會執行長，同時也是臺灣藝文作家協會理事長、時代評論雜誌及新地文學季刊總編輯、臺灣新希望促進會理事、上海華東師大兩岸關係與區域發展研究所特約研究員……。這麼多職稱、職位、職責，他似乎不在其「外」，而在其內？

他寫詩，曾獲第二屆洪建全兒童詩獎、第五屆陳秀喜詩獎（一九九八）、以歌詠蘭嶼的〈勇士舞〉獲頒一九九七年度詩獎（一九九八頒贈）。一九八三年出版第一本詩集《土地請站起來說話》（遠流，一九八三），其後出版的重要詩集包括《手的歷史》（一九八六）、《海岸燈火》（一九九五）、《西瓜寮詩輯》（元尊文化，一九九八）、《海浪和河流的隊伍》（二魚，二〇〇三）、《海哭的聲音》（九歌，二〇〇四）、《小蘭嶼和小藍鯨》（九歌，二〇〇四）、《綠島外獄書》（秀威，二〇〇七）、《餘燼再生——綠島外獄書續篇》（秀威，二〇〇八）、《西瓜寮詩輯（增訂版）》（秀威，二〇一一）、《下棋與下田》（人間，二〇一二）、《詹澈截句》（秀威，二〇一八）、《發酵》（秀威，二〇一八）、《方寸之地》（秀威，二〇二三）。

活力旺盛如大地之野草，春風吹不吹、他都指向雲天；寫作勤奮勝過農夫的耕鋤，春夏秋冬對他而言都適合繁殖、蔓延、淤。

別人解讀的方寸是心，詹澈實指的方寸是心、卻也是地，方寸之地也可以是賴以維生的西瓜園、可以是幼時木頭釘的那張飯桌、今日深夜猶在耕耘「插在筆筒裡的鋤犁猶有磨擦泥土的聲音」的那方書桌。

參、余光中說詹澈匐地親土卻又化能爲力

世紀交替那當兒，余光中（一九二八～二〇一七）原來說詹澈長年定居在臺

東，像西瓜一樣「匐地而親土」，他的詩也像西瓜的瓜莖瓜藤，「牢牢地密密地緊纏著那一片后土」，詹澈是典型的傳統的農民詩人。

話鋒一轉，余光中認爲詹澈還是現代知識份子、還具有農運推動者的身分，余光中把詹澈與吳晟做了比較之後，說出眞相、眞話、眞情義：「詩人乃民族想像活力之維護者與解放者。詩人的籌碼是文字，他的元素是自己民族的語言。他應該認真探討自己民族的語言究竟有多大的能量，並且試驗自己能運用那能量發出多大的力量，以完成多大的功績。物理學上的『化能為力，運力成功』，對詩人該有啟示。」（余光中〈種瓜得瓜，請嘗甘苦〉，《中國時報．人間副刊》，二〇〇三．四．十六）

世紀交替那當兒，他已指出詹澈的詩藝自信。

其時，詹澈還沒有創出他的「五五詩體」。

但他的母親從小教他「雲與星星都是字，會動的與會亮的」，甚至於「野草，都是藥……」一如遠古的神農。

很久的以後，二〇一九年十月三日受江蘇省興化市水上森林主人、也是詩人的房春陽邀請，參加秋韻詩會，受囑帶臺灣的土與水一起澆灌一棵中華詩樹，他寫成了〈澆灌詩樹〉，見證了一生的所言所志、所作所為，都在以臺灣的土與水澆灌中華詩樹，都在以農夫的能量澆灌詩文化的質量，專注於農而不專拘於農，一如遠古的神農。

肆、海峽兩岸獨創五五詩體

「五五詩體」試寫於《發酵》詩集的寫作期間，約當二〇一一至二〇一八年之間，他自己提出了五大訴求且遵行著：

一、「五五詩體」與紀念屈原的詩人節（農曆五月五日）雙五巧合。

二、含蘊著陰陽五行的思維，但不一定切合也不一定押韻。

三、每首詩五段五行，不超過五百字。第三段或三段的第三行，可為整首詩的詩眼或轉折與變易，可由虛轉實，由情轉境，由超現實轉現實、由喜轉悲、由悲轉怒等等。

四、語言以新詩創立以來的白話口語流暢敘述，參酌古典詩從唐詩至宋詞元曲的長短語句變化，感性與理性兼具，在一個方形與規矩中畫著自由與自在的圓。

五、不是為形式而形式的形式主義，注重詩的語感與美感，且以象徵主義的形象思維維繫詩的質素。

《發酵》出版於二〇一八年，集中「試寫」了近一百首，這次，《方寸之地》正式以一百首定音爲「五五詩體」，見證了越是奔放的河流越需要自我形成的堤防，而那堤防卻也陸續發展爲有力量、能生長的生命臂膀。

「五五詩體」在一定的框架內展示豐腴：

「他對那種自由的『放任』提出了約束，他的實踐『制止』了無邊的、隨意的拖遝和碎片般的散漫，他把敘事和抒情用相對的約定加以控制。而他又能在一定的框架內，為展示豐腴的詩意而提供可能性。同時，他依然有所堅守，即盡可能保留了他所堅持的『口語式寫法的語感』。而且，我認為極其重要的，是它維護了詩歌的節奏感。」（謝冕〈春江夜話——詹澈的詩體實驗讀後感〉）

一個曾任北京大學中國語言學研究所所長、新詩研究所所長、詩探索主編的謝冕（一九三二～）對於「五五詩體」試寫，所給予的讚譽，如此巨大而慎重。

有人大力寫作十行詩、八行詩，有人鼓吹三行詩、兩行詩，有人以俳句爲名寫他的三行、兩行、獨行，有人仿古寫截句，有人仿洋寫十四行。敍事性強、批判性強的詹澈，關懷面廣、閱讀面廣的詹澈，適合發展「奇數行」特質的奇險效應，適合發展屈原「楚辭型」的長言長句。

《發酵》發酵了，《方寸之地》夢與堡壘的金甌鞏固了！

老農賣筍，老嫗賣菜，駝背老婦種菜，老兵送報，初遇再遇，需不需要五五二十五行的敍述量？

詹澈的五五二十五行是當代的樂府，詹澈是當代的杜甫。

伍、鳥散聲如銅幣而我依然堅持寫詩……

而我們依然期待詹澈的聲量以五五的倍數增長中……

……

二〇二三．立夏後五日

行旅，以漫興為樂

向陽在今年五月出版新世紀詩選《弦上歌詩》（爾雅），集結了一九八〇年以來譜成歌曲的作品合計六十首，有可能是華人詩作與曲譜結合數量最多的詩人，其中閩南語三十五首、華語二十五首，即使以語言分類，不計入專業作詞人，而以「詩先行、歌隨後」的新詩創作者而言，向陽的詩，分別在閩南語、華語兩種語言上，被音樂家以譜曲表達讚頌、帶領聽衆以耳欣賞的作品，仍然越出衆人之上，拔得頭籌。

原先「新世紀詩選」的出版規劃，是要以詩人在二十一世紀的詩篇精選作爲集結的規模，向陽自謙新作不多，改以「歌、詩」合體的自我特色呈現，反而成爲耀眼的珍珠——這是長期作爲編輯人的向陽，組織能力的表現。

不過，一到夏至，向陽即在六月推出新詩集《行旅》（九歌），從二〇〇六年爲高雄寫的〈詠阿勃勒〉開始，依年序順編，直至二〇二二年爲臺中寫了〈太原路綠園道〉、爲手持白紙的中國學生寫了〈給我一張白紙〉，岔分二路，多寫標的物清晰的臺灣地貌、地景之〔行旅〕卷，又潛入臺灣歷史近代期的史事史蹟與人物足跡而深思卻仍然茫霧籠罩的〔茫霧〕卷。整體而言，可以視爲「地誌詩」的這本詩集，向陽書前置入二〇二一年七月爲日本天理大學「臺灣學會研究大會」的演講稿〈爲臺灣歷史和土地書寫——我的後殖民創作心路〉作爲「代序」，又附錄了崔舜華的專訪〈用自己語言，話自己土地〉於書後，清晰而完整地宣示自己五十年來的創作軌跡與詩作特質、「臺灣追索」的意志揮灑，兼及「反動」的內在性格（「違逆」當時現代主義反格律、反韻律的十行詩，「違逆」當時國語運動的臺語詩）。——這是長期置身媒體、觀察政治風向的向陽，反向檢視自己的「前言後語」（閩南語文學界稱之爲「踏話頭」）。

同樣是臺灣「地誌詩」的出版，王宗仁厚達二百五十頁的集子稱之爲《風土》（遠景，二〇二三），取用爲集名的是客觀的、我所採集的對象：實實在在的「風」與「土」，實實在在的「人」與「物」；向陽取用的則是主觀的、我所「行踏、踐履」，屬於「我」的「行旅」。顯然，向陽的地誌詩是要讓「藝術」與「意識」並駕齊驅，不讓二者互有消長；要讓「眞理」的「理」與「眞相」的「相」同堂呈奉，不讓二者互見後先。

《行旅》的〈代序〉中，向陽所心心不停，念念不住的是二十二歲發下的豪語：「要**以臺灣被殖民的歷史為背景，寫出一部長篇敘事的《臺灣史詩》**。」如果以傳統「經史子集」四部分類的觀念來看，史部所收錄的史書，包含載記、時令、地理、史評等十五個大類，若是，向陽的臺灣作家手稿故事《寫字年代》、《寫意年代》、《寫眞年代》屬於載記類散文，《四季》詩集則屬於時令類下臺灣節氣的容顏刻劃，而此刻的《行旅》當然是地理類的史部作品，向陽已然走入《臺灣史詩》的架構中，而未自覺？

《行旅》詩集以漫興爲樂，所謂「漫興」是一種率意而不刻意，不求工而精工，可以視爲向陽詩作形式特點的優異表現，如以十行成體卻不僵滯於十行之侷促，以閩南語成詩卻不爲教育部〈臺灣閩南語常用詞辭典〉所囿限，有若《易經》之陰陽兩極之相對立而又呈現詩天地之遼闊：

如一尾魚，我從眾多陌生的瞳孔辨識你
……
我從眾多無聲的臉容聽聞你，如一輪月

向陽〈行旅〉

你，可以是特稱的你，也可以是泛稱的、全稱的，心心念念的臺灣。

二〇二三．小暑

振振新詞・念念島鄉

蔡振念的新詩鄉疇

近百年，說到「鄉愁」，誰不繫掛「鄉愁是一灣淺淺的海峽／我在這頭／大陸在那頭」的余光中（一九二八～二〇一七），一開口唱歌，「給我一瓢長江水啊長江水／那酒一樣的長江水／那醉酒的滋味，是鄉愁的滋味／給我一瓢長江水啊長江水」，總是這樣的鄉愁四韻。因此，我這裡選用的是蔡振念的新詩「鄉疇」。余光中的「鄉」是文化中國的大鄉，愁緒特多；蔡振念的「鄉」是金門瓊林村，綠野田疇的那個「疇」，聚落疇圍有限，卻也限囿不了華夏文化觸鬚的伸延。

金門人蔡振念（一九五七～）現代詩創作量不大但精采，以最新詩集《漂泊的島鄉》卷目、篇目來看：漂泊的島鄉、漂流的他鄉、漂浪的故人、想念是一條長河、懷夢草，大約可以直探他作品中隨處瀰滿的情意的憨直、性格的質樸與真摯，是終身繫掛鄉情鄉物、舊事舊義、故居故人的性情中人。《漂泊的島鄉》〈序〉中

直言全書主題是圍繞在故鄉及他鄉，蓋有離鄉才有因之而來的漂流之感，他說：「生而為金門人，漂泊是宿命。」「好像一整座（金門）島就是漂泊的。」島、鄉的無盡漂泊，金門人的宿命，蔡振念一生裡新詩創作的宿命！

蔡振念至今創作了六本新詩集，竟無一能逃離島鄉的書寫、漂泊的念紀：

《陌地生憶往》（唐山出版社，二〇〇四）
《漂流寓言》（唐山出版社，二〇〇五）
《水的記憶》（聯經出版公司，二〇〇六）
《敲響時間的光》（高雄縣政府文化局，二〇一〇）
《光陰絮語》（唐山出版社，二〇一八）
《漂泊的島鄉》（金門縣政府文化局，二〇一九）

「水」的意象，呼應著海島家鄉、漂流、漂泊、洛夫的漂木、空間的隔絕。
「憶」的行爲，呼喚著異地遊子、陌地生（Madison）、時間或光陰的隔離。
水與憶這兩個字，涵括了蔡振念六部詩集裡的思鄉與詩想。

一、起：以〈鄉魂〉、〈法會〉作爲蔡氏新詩原型

即使回過頭查探他的第一本集子，寫詩的初衷一開始就繫戀於出生的母島。據《陌地生憶往．自序》，二十歲（一九七七）就開始寫詩的蔡振念，直到四十七歲（二〇〇四）才出版首冊詩集，一九八五年赴美留學的他，選擇了有周策縱、劉紹銘的威斯康辛大學（University of Wisconsin～Madison），棄一般人熟知的麥迪遜（Madison）改用周策縱的譯名「陌地生」，應該就是失鄉後思鄉，將異鄉當作陌地的感情投射，這一時期寫作了重要的思鄉作品〈鄉魂〉（《陌地生憶往》，頁五～六）。一九九二年返臺任教西子灣中山大學，高雄一向是金門人移居臺灣本島的首選之地，並無異鄉的感覺，詩作不多，情詩孳生。一九九九年蔡振念母親過世，失恃是另一種失鄉，二〇〇二年他寫出〈法會〉（《陌地生憶往》，頁六十六～六十七）。〈鄉魂〉、〈法會〉，這兩首詩是蔡振念新詩的原型，金門母親的示範之作。

〈鄉魂〉首段，可以視爲金門島史地最佳的輿圖：「土地是貧瘠的土地／風是腥鹹的海風／沒有太多的雨水／卻有三十八年以來單日交加的雷電／白天吾們撒播花生與高粱／夜裡敵人以砲彈下種」，六行詩句寫盡了戰地金門。第二段則將五胡亂華是中原人氏入住金門的開端、唐朝設置牧馬侯、宋朝朱熹來此講學的歷史寫入詩中，隱約點出蔡振念出生地「瓊林」的文化輝煌。第三段與最後的「亂曰」，則站在歷史的高度俯瞰金門僑鄉的漂流無奈、南洋打拚的離散辛酸，典型「中文系」的兩句詩「犁時間成不變的軌跡／黧臉龐為銅色的溝畦」，會不會因而成爲金門人、金門文化的歷史縮影與宿命？

〈法會〉一詩，藉由民間超渡法會隨僧尼誦讀的經文，情感上失所依託、理性上尋索依託的往復思考，在疑惑間覓求解答、依傍，「南無阿彌陀佛，生者往者行行如蓮之開落／南無釋迦牟尼佛，水流花去微笑的迦葉也解嗎？／南無觀世音菩薩，苦難依然那見佛劈佛的禪者何在？／母親呵魂兮歸來十方佛光普照青色黃色紅色白色黑色充滿須彌芥子這琉璃的世界般若波蜜波羅蜜多智慧的彼岸我需要妳的接引牽渡一如生前母親呵」若此，尋求母親、尋求神佛，與尋求故土的接引或永久的依傍，其實是同出一轍，俗士或知識分子同然，此宗或彼教亦同然。

二、承：以〈漂流預言〉作爲蔡氏新詩寓言

通過這兩首新詩原型，蔡振念的第二部詩集在次年二〇〇五年底印行，失去母親的〈法會〉詩，在《漂流寓言》中演化爲甚多名篇：〈島的女兒〉懷念祖母的一生猶如輕描而過的金門百年簡史、〈築夢的人〉懷想父親「土水師」的一生「以泥土攪和生活的淚水」、〈毛衣〉寫哥哥、〈貝貝你不回家〉告別姪女、〈夭折的

小飛俠〉紀念未謀面的大哥、〈流星〉遙寄么兒，都將四代人的情意推到生死的交界處思考，那是所有人類生命的歸趨；這些詩都以「海島」故土作爲生命的最後依傍，那是晉朝以降金門人生命風霜的庇蔭港。

〈鄉魂〉的原型，改以〈漂流預言〉呈現。

〈漂流預言〉詩後附記，提到：「在金門位有民航機之前，往來臺金只能搭軍艦，高中三年級時，我赴臺求學，第一次搭船，到了高雄火車站，要等第二天清晨的火車北上，在車站打地鋪，只覺地板尚如船隻搖晃不已，從此我知道，這大概就是我人生的路了！」此詩即以軍艦在海洋中搖晃的暈船感覺遺留至離艦之後，隱喻〈金門人〉人生之路顛簸難行。

「這是南方星圖／早已寫下的預言，預言我們／植一株異地的相思樹／春來時會有黃色的花傾吐」（《漂流寓言》，頁五十四～五十五）

詩中觸及「相思樹」、「黃色的花傾吐」，既實又虛，虛實相伴，既寫暈船時暈吐的黃色穢物，也寫離金赴臺後的鄉思病。

此詩寫於二〇〇四年七月，距十八歲初次離金赴臺的搭船經驗已近二十年，所以「漂流」的人生路應該算是「預言」，詩集內的目錄、詩題、詩文，都用「預言」二字，但二〇〇五年這一年蔡振念有越南、泰國、巴黎的遊歷與訪問學者身分，旅遊詩篇增多，年底出版詩集時，改用《漂流寓言》四字，以「漂流」作爲金門人一生的「託寓」眞諦，「根」因之確然而深，「柢」爲之確然而固了！

三、轉：以詩敲響「時間」而發光

蔡振念詩作的編排，從《陌地生憶往》開始即依寫作時間序編織，《漂流寓言》更以編年史的方式順二〇〇三、二〇〇四、二〇〇五年而下，時間的軸線清晰明辨；至乎高雄縣得獎詩集《敲響時間的光》，依然依序二〇〇五而至二〇〇九年，因而《光陰絮語》雖未編年而次，其實暗地裡仍然依年月置詩，卷首有序，談的都是詩與時間的互動、纖細而敏銳的感觸，諸如「**我對時間有一種纖細的敏感**」、「**年華似水，只能追憶，未來如光影，在有無之間**」、「**詩是我對時間的探問**」、所有的詩都按寫作時間安排，再次證明「**詩是我記憶的方式**」。

若是，蔡振念的六部詩集，前三部以島的「空間」與水的漂流爲名，一起一承，至乎《敲響時間的光》、《光陰絮語》二部，時間云云、光陰云云，則轉而以「時間」爲詩集之名，加強了時間俯臨這個島嶼的實質意涵。

金門、母親、島的空間，因爲「時間」的沖激而形成朱熹的「活水」效應。以〈雙乳山〉（《敲響時間的光》，頁六十）爲喻，雙乳山，實際的位置在金門島的蜂腰處，既可俯瞰北海岸、南海灣，又能管控東西交通，所以有「咽喉」的地位，但詩人從美體的雙乳發想，疊合實際的島嶼地形，發展出這樣的詩句「從妳胸腹之間穿越／穿越密林叢生的斜谷／或是稜線玲瓏的脇骨／向那圓滑如脂的平原／靠近，來到潮濕而空虛／讓我一再失足怨恚，蛇虺／出沒的幽黯盆地」，似虛而實，趨近又盪開。第二段寫入牧馬的歷史，愈見時間轉移所造成的巧妙，「一場春雨後／乳汁滿溢，大地豐盈的受孕了」，是土地的肥美、是文化的承傳、是母親的依戀，雙乳山的象徵義，與焉俱足。第三段回到現實的親臨與親切，充滿了未來與美的想望：「雨後的彩虹隱藏在妳豐滿的邊緣」，這未嘗不是金門人對金門的彩虹想像，當然，現實的殘酷如詩行的安排，七、七行之後的五行、三行，更讓人感受到殘酷現實的迫近！

四、合：鬣的「鋼盔義」獨立自存

蔡振念出生於金門蜂腰處，蔡姓古厝聚落所在的瓊林，開「村」在八百年以上，連莊名都跟「瓊林苑」有關，是由明熹宗（朱由校，一六〇五～一六二七，在位一六二一～一六二七）所御賜，唐宋以降，科舉制度下，如果考中進士，可以建造宗祠榮耀先祖，瓊林地區號稱「七座八祠」，歷年獲得功名最多的姓氏聚落，文風殊勝，武將亦多。

蔡振念獲得美國威斯康辛大學麥迪遜分校東亞文學博士，是中山大學中文系教授，跟余光中（一九二八～二〇一七）、楊牧（一九四〇～二〇二〇）一樣的學者詩人，但楊牧會在他的詩中將久年浸淫的《詩經》質素不自覺的釋放，余光中則以中西詩歌的優美典故鎔鑄在自己的意象裡，蔡振念雖有學術論著《高適研究》、《杜詩唐宋接受史》、《遯庵詩集校注》（蔡複一，一五七六～一六二五，字敬夫，號遯庵，人稱元履先生），但保有他自己詩的純粹性、抒情風、地方感、海島情，不把金門放在某種戰略位置去思考，不讓憂國傷時瀰滿詩文，他寫的金門是八百年的金門，不是六十五歲的戰地金門。

或許以〈失鄉的鸞——爲金門鸞而寫〉（《漂泊的島鄉》，頁二十二～二十五）作爲他島鄉的完美象徵，最是恰適，「**那是鋼盔般的意志，一路挺進**」！讀他的詩，讀出遙遠的過去，讀出金門未來的生機，不會逗留在這一代的商機而哀嘆。

二〇二三．處暑之日

虛空下的無盡美學

概說許水富

一、綜覽許水富：雪或火鑄都是一種行走的姿勢

許水富，金門人。美術設計者，書法家，詩人。

我曾以〈海不足於形容許水富，何況是島、現代主義、後現代主義以及虛無〉為題，論說他《噪音朗讀》（釀，二〇一五）以前的十本詩集。這個題目有多層涵義，第一層涵義點出許水富（一九五〇～）出身金門〈海不足於形容許水富，何況是島〉，雖然他的十六本詩集，並不像蔡振念那樣緊緊繫著金門的歷史與地理，但

第二層涵義卻是點出他緊緊繫著臺灣現代詩發展中糾纏最久的現代主義與後現代主義，但也無法以西洋學術名詞框限他，第三層涵義微微暗示他有著虛無的傾向，卻又不能歸之於虛無主義者。

最後的這一點「虛無傾向」，我及時以辯證「孤冷」與「孤熱」加以釐清——詩人方明（一九五四～）在讀過許水富早期詩集之後，說：「從書名中可隱約感受到詩人的『孤冷』，以及詩人以銳力的目光審視現實生活中各階層的節奏。」（〈咫尺孤寂——顧盼詩人許水富〉，《幼獅文藝》二〇一四．三）。對於方明說的「孤冷」的「孤」，我贊同，可以呼應方明題目〈咫尺孤寂〉；不過，對於「孤冷」的「冷」，我不表贊同，因爲讀過許水富詩集，讓人覺得一身燥熱，不僅近距離可以感受到到許水富的呼吸急促，遠距離也一樣聽聞得到他故意大聲朗讀的「噪音」，我寧願稱之爲休火山似的「孤熱」，這時的許水富眞是一位「顧盼詩人」，我這樣的說辭，依據的是許水富自己的〈詩觀小記〉：

字句成型來自對細微生活的感悟和覺醒。詩人所處的國度必然有他的人生溫差。雪或火鑄都是一種行走的姿勢。在自己的位置，透過世界觀，發亮詩的共鳴性。／我喜歡在靠近冥想和磨損的線索驚駭中找詩的昇華，若沒有詩，我日子將塗炭，膚淺不堪。幸好，有詩，可以窺視龐大的自己。

（《乾坤詩刊》六十九期，頁一）

窺視「**龐大的自己**」，就是顧盼自雄的一種自信（我將方明的「顧盼詩人許水富」的「顧盼」當作形容詞看待）。在雪和火鑄的溫差中，他會選擇「火」，選擇「發亮」，選擇「昇華」。

以五行的質性來確立歸屬，除了火，許水富還能歸屬何處？——如果是水，卻是容易接近沸點的水；如果是土，赤道或兩極是他的座落處；可以是木，容易鑽得火星；可能是金，輕輕碰擊，火花四迸。——若是，「孤熱」的火不是最爲允當嗎？

沒錯，他就是一個有著嚴重的「**燦爛濾過孤獨症候群**」的人。這是白靈診斷後定調的。

白靈（莊祖煌，一九五一～）不用「火」，他用「燦爛」，以火爲部首的燦爛。一般人將「燦爛」等同於繁華、風光、熱鬧、慶典，接近爆竹、煙火、狂歡、喜慶，但白靈認爲許水富的「燦爛」是砲火落在門前的燦爛，是童年不斷在炮光、淚光和星光中開花的「燦爛」（〈被燦爛濾過的詩人〉，《多邊形體溫》序），不也就是「戰火」的「燦爛」？

白靈認爲在同齡的詩人群中，許水富最像杜十三（黃人和，一九五〇～二〇一〇），都是偏離正常詩軌最遠的兩位，白靈曾以普遍性的語言說杜十三是屬於火，他是火焰之子，火是沒有形狀的，無法確知自己燃燒的模樣或方向，杜十三最終燃盡自己的一生，把熱獻給世界，「**把光獻給天空**」。

基本上，詩也具有這種「火」的能耐，詩所使用的語言往往改變他原來的意涵，衍生出不同的能量。許水富與杜十三都是詩壇上最擅於點火搧風的高手，燃燒語言原有的、獨立的「質」，產生新的詩的「能」。而且，在不同的，位置，各自，孤獨地，燃燒。

二、金門基底：喉底遼闊，一半身世有酒大滌

「只有砲火蒸餾過的酒／特別清醒／每一滴都會讓你的舌尖／舔到刺刀／／入了喉，化作一行驚人的火」（白靈詩〈金門高粱〉），將「酒」、「喉」、「火」鎔鑄在詩中、且相繫相聯的，是具有美術背景的白靈、杜十三、許水富。

沒有部首的夜。喉底遼闊／一半身世有酒大滌

〈鄉關四帖．酒夜〉

前輩詩人張默（張德中，一九三一～）則從「醉想、斷想、絕想、不想」出發（《寡人詩集》序），可能「絕不斷醉」，也可能「斷絕不醉」，然而「絕不斷醉」或者「斷絕不醉」，都是金門詩人的特質——「醉」到底。留下孤獨的「想」。

張默所謂的「醉想、斷想、絕想、不想」呼應著《金剛經》的「應無所住」，「想」則呼應了「而生其心」，「應無所住而生其心」，只有勇敢的「斷」，才有勇敢的、新生的「想」。然而，不論多麼勇敢的「斷」，都是「偶」斷，如「藕」之斷，必有絲（思、詩）相連。

許水富〈鄉關四帖．酒夜〉這首詩，最讓人心痛的是這句「沒有部首的夜」。一般說詞，島的意象是「隔絕」，許水富卻以「沒有部首」說金門，金門人的島鄉隸屬於金部、水部，還是火部、門部？金門人應該有不同的思考。金門在閩南，馬祖歸閩東，都獨立於臺灣之外，如何部署？金門，三十分鐘的船運可抵廈門，一個小時的飛行才能到達臺北，哪裡是首，是囟門，哪裡是手、手足，哪裡可以讓你湊腳手？——許水富的詩，以火以醉，驗證金門的DNA。

三、中期許水富：嚎啕寂寞原是詩者出竅的魂魄

《寡人詩集．自序》裡，以淡淡的反白字，許水富說：「這嚎啕寂寞原是詩者出竅的魂魄。」

> 詩是詩者的噪音／一字一字的錘鍊。篩洗／筆尖唾液啄出沉默。甚至症狀／在諸多血肉語言轉世／破土萌生。美麗的聲音／一字一字唸給滄桑的人聽／這嚎啕寂寞原是詩者出竅的魂魄

寫作中期，許水富說「詩是詩者的噪音」，說詩是「嚎啕寂寞」，是「詩者出竅的魂魄」。

許水富敏感到在細線裡聽見時間，理性的在背影的模糊影像中嗅聞死亡的騷味。這不就是現代主義、存在主義、虛無主義的常態性工程？許水富以兩行詩句推翻那些造作的架式：「在一截背影聽到死亡／在一條細線聽見時間的叫喊」（〈占卜〉），以小見大，以微知著，許水富的功力。

大抵許水富擅長以三十行以上的詩篇揮灑，關於生活、時代、喧囂與潮騷，讓

讀者看見上一世紀的文青如何將夢與現實雜揉，有那麼一點左傾、頹廢的可能，禁書、戒嚴、酒精、吶喊之追尋與抵禦、臺灣意識的對撞和甦醒、殷海光與黃春明的炙熱與月光的可疑。

換句話說，專屬於或擦邊球，浪漫主義者的革命思想、虛無者的矛盾，他們都在許水富的詩中衝撞，留下了大塊的黑或不盡的沉思。

海之種種意象、聲響，顯然不足於形容中期許水富，何況是島、現代主義、後現代主義以及虛無諸如此類等等，何況是詩、創意設計、工商書法、廣告經營、基礎設計、手抄字等等。——但是，拋離這些又何以認識島、認識海與洋、認識許水富和他的噪音？

四、近代許水富：你是火，要燒灼光影明滅的瞬間永恆

許水富滿五十歲那一年，二十一世紀到來之時才出版第一部詩集，詩集的版本大都採用二〇公分×二〇公分的正方形特殊規格，厚達一百八十頁，豐碩堅實，屹立於詩壇，是羅門（韓仁存，一九二八～二〇一七）編輯《藍星》詩刊、印行《第九日的底流》之後，詩藝雙絕的新的地平線。

依許水富出版的節奏，二〇〇一至二〇一一的十一年間，間隔兩年或四年的速度，出版了詩集：《叫醒私密痛覺》（田園城市，二〇〇一．二）／《孤傷可樂》（聯經，二〇〇三．十二）／《多邊形體溫》（唐山，二〇〇七．一）／《寡人詩集》（唐山，二〇〇九．十）／《飢餓詩集》（唐山，二〇一一．十）等五部詩集，其中，二〇〇三至二〇〇七年的節奏看似拉長，其實夾入了香港銀河出版社發行的兩冊小詩選《許水富短詩選》（二〇〇三．六）、《許水富世紀詩選》（二〇〇七．七），中英對照，有著變奏的況味。

二〇一三年以後，出版以快節奏的速度進行，一年一書，密集發售：《買賣詩集》（釀出版，二〇一三．三）／《中間和許多的旁邊》（唐山，二〇一四．四）／《噪音朗讀》（釀出版，二〇一五．八）／《胖靈魂》（唐山，二〇一六．二）／《島鄉蔓延》（唐山，二〇一七．二）／《慢慢短詩集》（唐山，二〇一八．二）／《許水富截句》（秀威，二〇一八．九）／《巷弄詩集》（唐山，二〇一九．六）／《我扛著我的詩上山下海》（唐山，二〇二〇．六）／《文字性別的獨處》（唐山，二〇二一．十）／《時間春藥》（唐山，二〇二二．六），十一部詩集，逐年推出，旺盛的活力，熾熱如火舌，伸向「緣生相生、緣滅相滅」的微塵眾的縫隙間。

《我扛著我的詩上山下海》的集名，見出他的詩的狂熱，書中〈想像自己的藝術史〉（頁三十八～三十九）則透露金門、藝術與詩的三結合所鞏固的許水富，透露他永遠的決志：「我需要更深而不安定的繪畫靈魂／把撥動生命的旋律擊出高聳的聲音」。

《文字性別的獨處》有兩首詩，分置上下兩欄，上欄首行「臺北盆地轉角。碰見很舊的我」（〈很舊〉，頁八十四），下欄首行「聲音是白色的。極簡的單數」（〈銳角的島〉，頁八十四），倆倆對比的衝擊性一再出現在許水富的詩中：摩登的臺北／很舊的我；雜糅的臺北／銳角的島；年輕的鄰居臺北／白色聲音的島。這樣的衝擊性，許水富恆常安置一個突兀的符號「。」在詩行中，那種隔離、拒絕的雙手抱胸前的身姿，在許水富的詩中大量湧現（特別是首行），形成許水富與生俱來的詩的「胎記」。最新詩集《時間春藥》的〈邊緣人的現世情懷〉（頁十八～十九），則是可以啟動他暗藏的鎖，揭開他十八部詩集的鑰匙，認識許水富的「富」，從此開啟。

二〇二三・九・三

（本篇意旨源於〈海不足於形容許水富，何況是島、現代主義、後現代主義以及虛無〉，節名取自許水富各集詩句，蘊有深意。）

八卦山出發・濁水溪印證

致敬　詩人林亨泰

十六歲的我一路隨著剛出發的林亨泰出發

九月十七日參加《吳三連獎文學家的故事》新書分享會，主持人是吳三連基金會新任秘書長、臺大張俐璇教授，與談人爲詩人林淇瀁（向陽）與林巾力館長，他們兩人這一天除教授頭銜之外，還具有雙重身分，向陽既是這本書的原策畫者、執行者（當時的身分是基金會秘書長）、又是這本書的出版獎助單位（當天向陽的身分是國藝會董事長），林巾力教授是臺灣文學館館長、兼具吳三連獎新詩得獎人林亨泰的家屬，當場秀出好幾張極有歷史價值的林先生照片，因而林亨泰成爲這場新書分享會的亮麗點，與會大眾所共同關心的跨越語言的代表性人物，連我——《吳三連獎文學家的故事》中年紀最輕的受訪者，也被主持人點名發言，分享與林亨泰互動的故事，那場面相當溫馨，彷彿我們都回到六十年前《笠》詩刊創社時的亢奮情態。

然而，六天後，卻傳來臺灣詩哲林亨泰殞落的訊息，我想著，林亨泰一九二四至二〇二三年的生之歷程，完全疊合臺灣新詩演化的一百年，如是人瑞，撒手塵寰，豈能不令人唏噓！

我回想著，一九六四年「笠詩社」成立，早一年在彰化林宅有著幾次籌備型的聚會，因著古貝、陳奇合的引介，我第一次見到現代詩人林亨泰、陳千武，二位都有儒者與武士的形象，親和與堅毅的力道，小鴨子一樣的我就這樣認定詩人的典型形象就該如此，而歷史上的李白、杜甫、蘇東坡，應該是在林亨泰、陳千武的臉上輪廓，變化著不同的線條，加上抽象的豪氣、英氣，文學風格的雄奇浪漫或清新俊逸的輪替轉換。

我想著，這詩人的原型（Archetype），在我心中是定了模，我仰慕著陳千武的組織能力、行政長才，詩中藏有見微知著的睿智。特別是林亨泰的身影：杯觥交錯的聯誼會上，他或許不是健談的人，總是字斟句酌，近乎木訥，但以文字暢其言論時，卻堅決而有力，不容辯駁。我期望，自己是。

那一年，一個高中生進入彰化寶山，不可能有詩學上的立即成長，但我珍惜自己這樣的印隨行爲（Imprinting），自此珍惜每次在詩刊上見到的林亨泰的詩與短論，每次字斟句酌似的閱讀，深入思考他文字內裡眞正的意涵，甚至於在自己每次創作時也林亨泰一般字斟句酌，企圖接近林亨泰「形銷骨立」美學，不長贅肉。

步，亦步，趨，亦趨，在林亨泰的詩文中，我是林亨泰的信仰者。

第一次具體的表現是「詩哲」兩字的發現與定焦。

二〇〇一年，眞理大學頒贈「臺灣文學家牛津獎」給林亨泰，當時的臺文系主任林政華與我商議，第一屆巫永福，牛津獎譽之爲「福爾摩沙的桂冠」，其後葉石濤是「瑰寶」，鍾肇政是「文豪」，王昶雄是「新窗」，那第五屆的林亨泰應該冠上甚麼樣堂皇的冕？「詩哲吧！福爾摩沙的詩哲。」林亨泰的詩短而有思想，創作與理論齊頭並進，是詩是哲，臺灣詩壇少有的規模與境界。我是這樣建議的。

後來，「臺灣文學家牛津獎」這樣定位林亨泰先生和他的詩：「為了成型，在形式層次上，必須足夠意象化與結構化；為了耐讀，在涵義層次上，必須充分深層化與多義化。他的哲學思考，已成為臺灣詩林之典範。」顯然，「意象化與結構化」掌握了林先生的「詩」，「深層化與多義化」掌握了林亨泰「生命的思考與智慧」的那個「哲」。

「詩哲」，簡明有力，擲地有聲，這是林亨泰信仰者的發現與讚嘆！

十六歲的我，騎著腳踏車，沿著八卦山腳由南而北，社頭、員林、彰化、臺灣詩壇，一路追隨。

步，亦步，趨，亦趨，在林亨泰的詩文中，我是見證者。

五十六歲以後的我一路走踏著林亨泰走踏的鄉土

二〇〇四年第八屆國家文藝獎，頒給了林亨泰，贊曰：「林亨泰，一九二四年生於日據時代臺中北斗。幼年即顯露詩人善感而敏銳的性格。十六歲開始接觸有別於日本傳統詩歌（和歌、俳句）的『新體詩』，並廣泛涉獵日本近代重要詩人作品。……他的詩作充滿濃厚的鄉土色彩，並對時事深入探討與批判，使得他獨到的詩觀與作品，連成一氣，相互呼應。」少年林亨泰是在濁水溪畔、充滿濃厚鄉土色彩的北斗成長，五十六歲以後我回到埤頭、溪州、北斗三鄉鎮聚焦的明道大學執教，履踏少年林亨泰走過且永遠留存心上的鄉土，經歷論評者所說的「始於批判」、「走過現代」、「定位本土」的那個少年走過的本土。

林亨泰出生在北斗（一九二四年十二月十一日生於當時的臺中州北斗郡北斗街西北斗六百三十六番地外祖母家中），成長在北斗（林亨泰的祖父設籍在北斗街西北斗三百七十九番地），初期教育在北斗地區完成（一九三一年隨父親行醫開業，就讀北斗郡埤頭庄小埔心公學校一年級，第二學期轉回北斗公學校就讀），高等教育在北斗奠基（一九三七年自北斗公學校畢業，進入原北斗公學校高等科就讀兩年畢業），林亨泰與北斗關係密切，一九四四年任教田尾國小，一九五〇年自臺灣師大教育系畢業後，任教北斗中學三年後才轉任彰化高工。

因此，在現實主義與現代主義的共構與交疊中，如果以北斗七星的構圖爲喻，林亨泰就如北斗七星中的「天璇」與「天樞」的聯線，延長五倍，可以找到衆星拱衛的「北極星」，在臺灣詩學的天空，或許可以說：沿著現實主義與現代主義的共構與交疊，延長五倍，林亨泰成就臺灣詩學中最亮的所在。

地理上的北斗是以北斗鎮爲中心，以「斗中路」連接東方高鐵站所在的田中、南投，以「斗苑路」連接西邊臺灣海峽的芳苑、二林，五十六歲以後我走在「斗中路」、「斗苑路」所形成的土地磁場，深切感受林亭泰〈風景No.1〉所開展的農田左右延伸到天邊的寬廣，農作物上下增長的厚實，有著生命成長的喜悅，平和延伸的幸福。〈風景No.二〉則以平視或仰角取鏡，靠近海岸邊的防風林（木麻黃）一層層往外推展，抵擋風沙襲擊，林亭泰以農作物與防風林的單純存在，表達臺灣農民每日辛勤以赴的就是安內（農作）與攘外（防風）而已。

這兩首〈風景〉詩，熊秉明以三萬字分析他的字元、張力、延展，陳千武則以詩的外形破壞，從繪畫運動的精神接受思想構成，拉高了詩的藝術價值。而我，單純而幸福地走踏在林亭泰北斗的詩風與實境中。

由斗中路向西往斗苑路而行，左側伴流的是源源不絕的臺灣第一水流濁水溪，前方是開闊無比的海，彷彿水、陸、空同時見證林亭泰的詩在天地間的極簡與深遠……。

哲人其萎，哲思長存，詩人離塵遠逸，詩篇翩翩永遠在我們的心間。

二〇二三．十．十二

龍在心中，也在最虔敬的祝福裡

華人世界，包括東南亞各國，甚至於不是華人、但從唐朝開始受中國文化影響的日本、韓國，都有類近的十二生肖用來「紀年」的傳說，衆多的兒童故事、寓言、神話就在這種傳述中代代隨俗延異，年年隨著創意翻古出新，滿足兒童對神祕事物的好奇。譬如，十二生肖的順序，由鼠起頭，牛續其後，虎兔善於騰躍，落在三、四名，龍無翅而飛天，蛇無足而行地，依然勝過後來的四隻腳的馬和羊，其後又爲什麼是能攀的猴、能飛的雞、能跳的狗、能吃的豬這樣的順序呢？或者，學理上從動物的屬性去探討人性，人不鑽不營，如何在社會立足，所以選擇以鼠爲首，但鼠的鑽營要有牛的踏實去補足，牛的笨拙要有虎的猛爆才能勁揚，虎的兇險要有兔的溫柔來消解……後來的後來，不要忘記豬的寬容，使世界平和。不是嗎？

是嗎？是這樣嗎？

每天寫詩，爲自己、爲兒童、也爲還沒長大的大朋友寫詩的林煥彰，深知十二生肖的動物連環故事中，有童心，有童趣，有太多的可塑性，有太多的觸鬚、太多的可能，有太多的幽境可以尋、險境可以探，所以，從羊年開始（爲什麼從羊年開始？）逐年出版生肖詩畫集，羊年取名《吉羊．眞心．祝福》，猴年取名《千猴．沒大．沒小》，雞年取名《先雞．漫啼．大吉》，狗年取名《犬犬．謙謙．有禮》，豬年取名《圓圓．諸事．如意》……單單書名就有許多畫面和諧趣，應該他自己高興、小朋友高興、還沒長大的大朋友也高興！

生肖詩畫集《千猴．沒大．沒小》出版的二〇一六年，我還在明道大學教書，邀請他的千猴到學校圖書館展出，邀請他到幼兒園跟小朋友互動、畫迷你猴，邀請他到二水鄉「臺灣獼猴保護區」去看沒大沒小、活蹦亂跳的千百隻獼猴。結果，明道大學二〇二四年就要結束他的階段性使命，林煥彰繼續出版他的第十本生肖詩畫集《玉龍．祥龍．瑞龍》，十一本、十二本……

這就是詩人林煥彰，詩壇少見的生命意志、生命毅力的展現！

而且，生肖紀年是循環的，首尾相連的，一齒年一齒年在接續的……眾多生命在期待的。

年年發行有詩有畫的生肖詩畫集，是毅力的展現！
日日寫詩，更是毅力的展現！
基隆山（雞籠山），黃昏爬，清晨爬，爬上一〇一次還在爬，每次爬每次有新發現，林煥彰的詩、畫，就是這樣，永遠新鮮，永遠有童眼，永遠有新發現，永遠有新品種、新展現！

佛在哪裡？佛教徒認爲「佛在每個人的心中」。
龍在哪裡？《易經．乾卦》說「潛龍勿用」，這時候的龍，潛在水底，隱在泥裡。《易經．乾卦》又說「見龍在田」，龍在紮紮實實的土地上，可以利見大人。〈乾卦〉也說，龍「或躍在淵，无咎」，「飛龍在天，利見大人」。龍，到底在潛、在田，還是在淵、在天？或者是「亢龍有悔」那樣衝向雲間？是不是中國人也像信佛的人那樣信奉「龍在每個人的心中」，一樣虔敬地祝福家人、朋友「成鳳成龍」！
藉著新鮮有毅力的林煥彰的畫筆、詩篇，玉龍、祥龍、瑞龍長在左右。
我們虔敬地祝福家人、朋友「成鳳成龍」吧！

二〇二三．重陽日

相印方寸間

吃蔥要吃心，聽話要聽音，讀「詩」呢？我想應該是要讀懂「言」字旁右邊那個「寺」音、那個「寺」音裡小小的「寸」心。

「詩」這個字，我們都以形聲字看待她，左形指的是「言」，右聲指的是「寺」。但我特別注意聲符「寺」字下方的那個「寸」字，除了大家所習知的長度量詞，一寸等於十分的意義之外，更由此發展爲描述極小、極少、極短的形容詞，如「**一寸光陰一寸金，寸金難買寸光陰**」。其實，作爲名詞的「寸」字也指中醫診脈「寸、關、尺」那個經脈部位「寸口」的簡稱，這個「寸」的脈象關乎心、肺、氣、血所聯通的身體狀況，所以，古人以「方寸」喻「心」，除了體積相近之外，應該也有這種醫理上的「寸口」（氣口、脈口）相會通的脈絡繫連吧！

許慎：《說文解字》，直接明言「詩，志也。」詩就是志，詩就是「言＋志」，這樣比對、分析之後，「寺」與「志」，除卻聲符的「士」（之）後，不就是剩下「寸」與「心」相對望嗎？所以《毛詩．序》也持相同的理念：「**詩者，志之所之也。在心為志，發言為詩。**」

最近，白靈選擇的小詩，要與陳宏勉和他的書篆同好、臺灣印社同仁，推出「方寸天地寬」的小詩篆刻展，不就是要在方寸大小的石頭上，刻上方寸大小的心頭所激噴出的志意，那是方寸與方寸間的心心相印，詩人與篆刻家的聲息相通啊！

孟子聽聞齊宣王見到有人牽牛過堂下，牛隻發抖，所以改以羊代替釁鐘，因而斷定齊宣王可以保民，齊宣王很高興地引用《詩經》的話：「**『他人有心，予忖度之。』夫子之謂也。**」如今，白靈與陳宏勉有心，我們是不是該去摩挲、忖度那小小的方寸間到底有多寬廣的天地？

至少去體會每次篆刻展，爲什麼總是兩色印刷，一紅一黑？

紅的是朱泥印璽，那黑的是誰的才氣？

紅的是相印的心，那黑白對映的又是誰的不捨與不忍？

白靈多年來在詩壇推廣「截句」，已經截去許多不需要的胼胝、贅肉、脂肪、毒疣，留下三四行「小詩」，但在篆刻家的雕刀下，他們考量疏密、輕重、收放或者「陰刻白文」、「陽刻朱文」時，再度斬艾殺伐，若是，詩後的世界、石餘的純淨，匠人、詩人背後的哲人又會是什麼樣的風骨留存！

而「方寸」的「微」空間，又會是怎樣的「寬」天地？

曾聽過白靈一場有關「微時代」、有關「長尾現象」（The Long Tail，被邊緣化、或地下的、獨立的產品，共同占據了一塊市場額度，假以時日，可以和最暢銷的熱賣品相匹敵）的演講，他提到了「微」字總是和「細、小、卑、賤、低」等字拉在渺而不受重視的檔次上，只有南懷瑾在說解《尚書》十六字心傳「**人心惟危，道心惟微，惟精惟一，允執厥中**」的「微」字時，用「不可思議」點出「微」字的奧妙所在（見南懷瑾《二十一世紀初的前言後語》演講錄），給了聽衆極大的啟發。

會後，主辦單位羅老師爲他奉上麻糬（糍粑），白靈隨口問：「甜嗎？」

「微甜。」

「那好，我可以吃。」

「微甜，就是不可思議的甜。」有人順口這樣說。

「那……我等一下吃。」

當「微」字與「不可思議」連上線，這天地不就寬闊了起來？

帶著這樣的生活小插曲，你是不是也會「微笑」？——不是輕淺的一笑，而是不可思議的，沒人拈花也微笑的微笑！

二〇二三・十一・十二

〔輯三〕

有人交換著流浪的方向……

詩的生態是一種多變的姿態

登過高山爬過峻嶺的人會有更開闊的視野，住在海岸線、草原邊、森林下的人會收攬不同的景觀，出入經典、出入苦難的人，當然會有寬廣的胸懷。劉正偉（一九六七～）的詩正是這樣的一種生命姿態的展現。

一、劉正偉的「詩的生態」

臺灣苗栗獅潭人的劉正偉，完成學業後即進入職場，經營冷凍空調公司二十年期間，分身攻讀佛光大學文學博士，以一顆愛詩的心，以一個苦幹實幹的客家子弟身分，擔任《台客》詩刊發行人兼總編輯、《詩人俱樂部》FB網站創辦人、《華文現代詩》詩刊編委、野薑花詩社顧問。獲得博士學位後，擔任國立臺北大學、海洋大學兼任助理教授，傳授詩藝。因爲喜愛抒情詩風，博士攻讀期間鑽研「藍星詩社」發展史，資料蒐羅豐富，訪談密集，出版厚實的《早期藍星詩社（一九五四～一九七一）研究》，獲得二〇一六國史館臺灣文獻館「學術著作優等獎」，也因爲研究藍星詩社，所以產出許多副產品，諸如《覃子豪詩研究》、《新詩播種者——覃子豪詩文選》、《臺灣詩人選集——覃子豪集》。這種長期浸淫藍星詩社的閱讀效應，劉正偉的詩風多少也有一些「藍星」薰染後的香氛與顏彩。

十八年來劉正偉先後出版六本詩集：《思憶症》（文史哲，二〇〇〇）、《夢花庄碑記》（苗栗縣政府，二〇〇五）、《遊樂園》（苗栗縣政府，二〇一三）、《我曾看見妳眼角的憂傷》（苗栗縣政府，二〇一四）、《新詩絕句一〇〇首》（秀威．釀出版，二〇一五）、《詩路漫漫》（苗栗縣政府，二〇一七），其中四冊由政府機關發行，因此他想以「詩選」的方式擴大閱讀的可能，因而出版了這冊一百二十首詩的《劉正偉詩選》，做爲五十歲的焰火，嚴謹要求自己審視、愼思，再前行。

前輩詩人楊風（楊惠南、楊惠男，一九四三～）在閱讀《遊樂園》後點出「深情」在劉正偉詩中備受珍惜（〈悠遊在《遊樂園》裡〉），新加坡詩人懷鷹（李承璋，一九四八～）也提出「悲天憫人的情懷」，他說：「詩人悲天憫人的情懷貫徹其間，不刻意渲染，卻能讓人感動。」（〈時空交叉——讀劉正偉〈祈雨〉〉），稍晚於劉正偉的詩人千朔（曾丹群，一九六九～）則整理出這樣的一段話：「一首詩對詩人而言，是『優雅』的，但在優雅中，詩可感的還有夢般的『虛幻』、雲般的『飄逸』、風般的『自由（想像）』、水般的『執著』，以及詩人不可不見的『憂愁』。」（〈我與繆斯同讀一本詩集〉）。同輩的蔡富澧（一九六一～）則點出劉正偉把「時間之殤」和「青春之戀」這兩個主題巧妙地融合在詩中。（〈中年男子的時間之殤與青春之戀〉）。即使是寫地景詩，林廣也看見「詩人劉正偉在風景與情意之間往返交融，寫出了他對土地的感情，傳達了他獨特的觀照與同情，儘管其中也包含了難以掩藏的諷刺與失落，但大抵上都寄託了他的真性情。」（〈談劉正偉《詩路漫漫》的幾首地景詩〉）。

顯然，情、深情、眞性情，優雅、憂愁，時間之殤、青春之戀，這些詞語成爲論述劉正偉的關鍵詞。另外，寫作技巧上，香港余境熹（一九八五～）在閱讀劉正偉作品後找到「諧音」的特色：「劉正偉經常以諧音為手段，推導詩思，作多番嘗試，相當著意於探索諧音應用在新詩裡的各種可能。」（〈劉正偉新詩中的諧音〉）。喜菡（彭淑芬，一九五五～）則認爲劉正偉「絕句」的推廣方向是詩人近年來作品趨向親民的成效，企望新詩走進民間、人人能寫所造致：「這樣的用心用意，令人稱賞；這樣的書寫，不啻為新詩詩壇開拔一次不一樣的詩運動。」（〈賞讀劉正偉詩集《新詩絕句一〇〇首》〉）。菲律賓的王勇（一九六七～）以「閃小詩」回應，且說：「微型詩因為強調致命一擊的靈光穿透力，反而更適合創新書寫的表達。」（〈挑戰自己〉）。

劉正偉自己的詩觀，或許可以藉《遊樂園．自序》來尋索：「個人以為人生苦短，我們應該抱持遊戲人間的態度，隨緣隨喜，把這世界當成一座遊樂園，而非失樂園，從容面對生死，樂觀面對生活。」「惟有詩，能與永恆對壘。」因此，當我們面對這本五十歲詩人的《詩選》，我們想見的是五十歲詩人的生命姿態會是怎樣的一種展現。

二、自然所生的姿態是最美的姿態

劉正偉是一位生活詩人，即使在學界中，不刻意追求學術內涵的深度與高度；劉正偉是一位生活詩人，生活即詩，詩即生活，不刻意探求生活所富含、所匿藏的哲理；劉正偉是一位生活詩人，白描或譬喻是他最直接的傳述手法；劉正偉是一位生活詩人，他深信：自然所生的姿態是最美的姿態。

劉正偉曾是二〇一五年雲林縣文化處「草嶺創作者計畫」得主，他所寫的〈草嶺之夜〉，就展現了這種自然所生的姿態。

風，是個頑皮的孩子／一經過，就把往事吹翻了
我在這裡躺成一座孤島／任回憶不斷，翻來覆去
也許，孤獨是好的／如此，才能與寂寞／與寂寞的孩子，靜靜交談
我與壁虎道聲晚安／而窗外的蟾蜍，還在／唱他們永不結束的晚安曲

草嶺是雲林的偏鄉山林、地質公園，喝咖啡的客人散去以後，夜，寂靜而漆黑，留居山林的人會把黑夜當作是無邊際的海，自己是海上的「孤島」，這樣的一座孤島會有習習的風，讓往事翻湧，「風，是個頑皮的孩子」將這些回憶串連起來，孩子的機靈、慧黠，也就是風的生趣、多變，不會讓人感覺寂寥。因爲這樣的孤獨，「才能與寂寞／與寂寞的孩子，靜靜交談」，這一句「寂寞與寂寞的孩子」緊接在「風，是個頑皮的孩子」之後，會讓人覺得這孩子、這風是寂寞的，「風」既頑皮又寂寞，風的存在就更有興味了！當然也可以將「寂寞與寂寞的孩子」歧義爲「寂寞」又生出「寂寞」，衍生不絕，另有一種興味。〈草嶺之夜〉一開始寫風的撥弄，最後是蟾蜍的永唱，不是眞孤獨，也不是眞寂寞的草嶺之夜。這是自然所生的姿態，自然而有姿，文學裡最基本的「眞」的寫照，劉正偉生命的本然。

這是一首回憶的詩，以「風」起興，下一首仍然是回憶性的詩，則換用「雨」

來撩起只能回味的往事。

雨，細細的雨一般都稱爲「毛毛雨」，即使是河洛語（毛，唸做 mng，毛毛雨 Mng-mng-á hōo），有可能諧音爲「濛濛雨」，但如余境熹所言：劉正偉「**相當著意於探索諧音應用在新詩裡的各種可能**」，他詼諧地把「毛毛雨」諧音爲「貓貓雨」，並以此寫出〈貓貓雨〉的詩。

天空下起貓貓雨／柔順如妳細毛的溫柔貓暱／撫摩擁有的美好時光／纏綿，繾綣
雨絲，密密綿綿／如絲，如線／將往事輕輕串起
貓貓雨，有著溫柔的細爪／常常輕易地，將回憶抓傷

第一段有破題的意味，在「毛毛雨」與「貓貓雨」之間，將雨的絲細轉換爲貓毛的溫柔，因此想起的是過去美好的時光，細柔、親暱、纏綿、繾綣。第一段是將「毛毛雨」「轉」爲「貓貓雨」，所以第二段是「毛毛雨」與「貓貓雨」的「合」，密密綿綿，如絲如線的，既是「毛毛雨」也是「貓貓雨」，同時也因爲這密密綿綿，如絲如線，所以切入抒情的主題「**將往事輕輕串起**」。第三段則是眞正詩意的「轉」，貓——貓毛，毛絨絨，是溫柔的，卻也斂藏著溫柔的爪，「**將回憶抓傷**」。

這一轉，詩意全出。過去如何美好，未說，現在如何惆悵，卻已不說自明了！

這時，我想起張愛玲的話：「文學史上素樸地歌詠人生的安穩的作品很少，倒是強調人生的飛揚的作品多。但好的作品，還是在於它是以人生的安穩做底子來描寫人生的飛揚的。沒有這底子，飛揚只能是浮沫，許多強有力的作品只能予人以興奮，不能予人以啟示。」（〈自己的文章〉），這就是「自然」生「姿態」，這「姿態」是自然的美好。

三、點點累積的姿態是另一種恆久的姿態

〈草嶺之夜〉與〈貓貓雨〉分別以「風」、「雨」起興，都一樣想起往事而惆悵，都因爲觸物興懷，因回憶而微微受傷。

這點感興上的哀傷，未嘗不是詩歌恆久的主題。劉正偉的詩作中，往往以層層推湧的方式，揭露這樣的主題。

〈我曾看見妳眼角的憂傷〉是最具體的例子，因爲眞誠而有些笨拙，笨拙的像潮信，漲時緩緩漲、又緩緩退，緩緩退、又緩緩漲，終究是漲了！時而重複、排比得有些結巴，時而變化、轉進得有些無措，終究是點點累積，層層的推湧了。

我曾看見妳眼角的一些些哀愁／感傷，關於某些歲月的經歷／遙遠的童年，逝去的青春／生活中的歡欣，或爭執／某些瞬間狂喜，或狂悲

我曾看見妳眼角的一些些微光／關於愛情的淬煉，以及傷逝／那些湮遠的記憶，如火山／不時間歇性的噴發／留下一道道熔岩，像流過的淚痕

我曾看見妳眼角的一些些幽怨／苦澀，關於男人像時間的無情／我知道，妳付出的愛與生命／獲得的回報，永遠不及／男人淡淡地繼續無視，妳眼角的哀愁

是類是疊，是排是比，是層是遞，夾雜而混成，這未嘗不是人生的實貌，反反覆覆的生命現場。

寫自己的生命感觸如是，寫別人的生命際遇也這樣。劉正偉的〈流浪漢〉：

流浪漢是一枚落葉／偶爾飄落在公園長椅／偶爾飄泊在騎樓的角落

流浪漢像風一樣／跌跌撞撞／一不小心就跌進喇叭聲中

流浪漢有著沒有朋友的孤獨／有著世界上最大的寂寞／流浪狗偶爾給他憐憫的眼神／而橋下的涵洞是全世界／唯一，接納他的棲所

流浪漢像一枚落葉，不也像跌跌撞撞的風；「沒有朋友的孤獨」，不就是「世界上最大的寂寞」嗎？只有流浪狗憐憫他，只有橋下的涵洞接納他，反覆敍說的就是流浪漢的淒涼，低階層人物的悲辛，就這樣，兩兩一組的相似詞，在三段詩中相鄰出現。

這種反覆的詠嘆，古典雅頌的《詩經》裡常見，時下流行的歌曲不可少。最近讀尼采（Friedrich Wilhelm Nietzsche，一八四四～一九〇〇）的詩，發現尼采有許多篇章也用這種方法，例如他寫的〈致北風——一首舞曲〉之四、五段：

> 游目天野，／我看見你的駿馬，／我看見你的車駕，／我看見你的手腕抖動，／以閃電般的長鞭／對著戰馬的背脊揮打，——
>
> 我看見你跳下車駕，／急躍而下，／我看見你像羽箭般疾飛，／筆直地射入深沉，——／像是黎明乍現時／穿透過玫瑰的第一道金光。
>
> （陳懷恩著譯：《第七種孤獨——以尼采之名閱讀詩》頁一八九～一九二）

一首十一段的詩，類似這樣的段落、句型，反覆歌詠的語氣，隨處可見，或許

這是詠嘆型詩篇常用的模式。一般閱讀的印象中，同樣是歌行體的作品，李白駕馭這種排比、層遞情境的詩篇，次數、篇數、激烈高昂處，要勝過杜甫甚多，所以，熱情十足、朝氣飽滿、奮勇向前如劉正偉者，大約也會習慣這種詠嘆調吧！

四、多變的姿態是最引人的姿態

常，重複，雖是詩歌的主旋律，但，「多變」卻是詩人的共同個性。我一直喜歡前輩詩人白萩（何錦榮，一九三七～）的話：「今天的我殺死昨天的我。」詩人就該有這種決志。二〇一七年的八月，爲了高中國文教科書應有多少比例的文言文，網路、報紙等媒體論述極多，詩人余光中（一九二八～二〇一七）提到自己的創作原則：「白以為常，文以應變。」（《聯合報》二〇一七．八．二十六）說的雖是文言、白話的應用比例，但絕不會是以不變應萬變的詩人，劉正偉也以詩表達「變」之常「態」，翻譯成白話就是「多變的姿態是最引人的姿態」。

當我是一顆卵的時候／我感覺非常渺小、自卑／當我是一條毛毛蟲的時候／大家都說我醜死了／沒有人要跟我做朋友

於是，我偷偷躲起來哭／慢慢地結成一個孤獨的蛹／蜷曲，躲在陰暗的角落／大家都罵我是個大變態
就在這個時候，突然／我長出一對美麗的翅膀／變成蝴蝶，在花叢間飛舞／大家都張大了嘴巴／再也，說不出話來了

〈變態〉

大自然裡很多昆蟲如蠶、蚊子、螞蟻、蜜蜂、瓢蟲，都會經過「完全變態」，從卵、幼蟲、蛹而成蟲，特別選擇毛毛蟲與蝴蝶，因爲牠們具有醜與美的絕大對比，生活詩人應用大自然的生態元素，也應用人類社會的語態趣味，兩相結合，成就此詩，具有生態的教育意義，也開啟人生體悟的側門，以生物學知識活絡詩教育：「變」，才是生命裡不變的常「態」。

在詩作的傳承上，劉正偉也會「因革」前人之作，以「變」去形成另一種新「態」，如仿王添源（一九五四～二〇〇九）的〈給你十四行〉，一變爲〈思十四行〉、〈憶十四行〉、〈症十四行〉的思憶症組詩（其中還隱藏諧音效果，見輯七〈思憶症〉），再變爲〈預寫十四行〉的十一行詩，其後留空三行，因爲「留下一行，讓白晝陽光舊夢重溫／再空一行，給夜晚的星星夜夜流連／最後再留一行，等

待妳，淺淺的笑靨」（見輯二〈詩路漫漫〉）。其中的因革之理，都潛藏著對前人的敬意。

變，越大，敬意越深。試看劉正偉的〈豹〉：

豹／在沙漠的邊際／蹲著／盯著／等著／綠叢裡的花苞綻放／等著／等著
忽然縱身一躍／在空中／在羚羊的脖子／創作，炫麗的紅花一朵

辛鬱（宓世森，一九三三～二〇一五）的名詩〈豹〉，是靜態的書寫，一匹豹在曠野之極蹲著，以「曠野之極」去對比「一匹豹」，小大懸殊而更見其力；以「曾嘯過」「掠食過」去對比「蹲著」的一匹豹，動靜之間凸顯詭異；「不知什麼是香著的花，什麼是綠著的樹，不知為什麼的蹲著」，以三句「絕知」的屏息語言去等待生命的一搏，結果卻是「蒼穹默默／花樹寂寂／曠野消失」，是期待落空後的巨大孤獨，好像整個曠野、整個宇宙都被巨大的豹的孤獨所含籠。劉正偉的〈豹〉則以極速、極豔的「一瞬」：「在羚羊的脖子創作，炫麗的紅花一朵」，去特寫，去定格生命的那一瞬。

自變，他變，多變，那姿態都是引人的姿態。

五、限定的「態」勢裡也有活潑多變的美「姿」

劉正偉寫作了許多十四行詩，有意在張錯、王添源之外，掌握在限定的行數中發展出自己的詩思，譬如〈神木十四行——記拉拉山神木〉，其實就有不錯的信仰：「偶爾有衝動的念頭／就讓落葉隨風去飄泊／偶爾有繁衍的念頭／就讓毬果呱呱墜地去實現／若有蟲鳥的汙衊／就有雨淚清楚的還原」。

二〇一五年劉正偉還自費出版《新詩絕句一〇〇首》，降低行數，一樣希望以限定的四行圓滿完成詩意的表達，激發寫作者的興致與信心。這是在限定的「態」勢裡企圖展現詩的各種可能的美「姿」，一個新詩寫作者、教育工作者所努力闢開的途徑。

救護車警笛由遠而近，又匆匆離去／聽說，那個名聞社區的女人／將她的心事
從十二樓拋下／墜落的速度，流言怎麼也趕不上

〈小三〉

這是社會現實，生活詩人所著意捕捉或無心而遇見的萬象之一。或許我們也可

以模仿劉正偉向詩人致意的方式，將此詩改爲：

救護車警笛由遠而近，又匆匆離去／聽說，那個名聞社區的女人／將她的心事
從十二樓拋下／墜落的速度，怎麼也趕不上流言

〈小三〉之二

劉正偉的詩展現了這種千姿萬態的生命姿態，在村落，在街角，在我們內心深處脆弱的那一方。我們也隨著他的《詩選》，看得盡世態炎涼，寫不完人間多少常勢定姿。

二〇一七．處暑後三天．臺北市

去病去非以激濁揚清

二十世紀八〇年代，我認識了一位年輕詩人，他自己起了一個讓人記憶深刻的筆名：陳去非（陳朝松，一九六三～）。

我喜歡這種自我覺醒、自我警惕的名字，去掉「非」，去掉非是、非眞、不實、不義的一切吧！

因爲「去非」之名，我想起古代將軍就有霍去病（前一四〇～前一一七）、辛棄疾（一一四〇～一二〇七）這種棄去病疾，冀望身體安康的祈福之語，不免會心一笑。

最初，霍去病之所以取名「去病」，是因爲他出生時，母親抱著他出入皇宮，因爲母親（衛少兒）的妹妹（衛子夫）是漢武帝劉徹（前一五七～前八七）的皇后，當時漢武帝生病臥床，需要靜養，卻被突來的（霍然的）嬰兒哭聲驚醒，嚇出

一身冷汗，身體反而舒暢，衛少兒與尚未命名的嬰孩因此被召到皇帝面前，劉徹賜下「去病」這樣勁健的祝福。不論這故事是眞還是僞托，去病、去穢、去掉一切煩愁，無憂無慮，無瑕無疵，原來就是長輩對晚輩最深的祝福。

辛棄疾，未聞這種皇帝賜名的傳說，但是他的字是「幼安」，或許就因爲從小身體羸弱，所以才有這種「棄疾」、「趨吉」，「幼安」、「民安」的祈願吧！宋朝，特別是南宋，一個缺少血色的病懨懨的年代，一個被金人、元人追著跑的軟弱王朝，卻能有這樣一位幼年不一定勇健，成年後「金戈鐵馬，氣吞萬里如虎」的勇將，終能免除宋朝歷史單色的蒼白，甚至於，因爲辛棄疾，終於免除宋詞婉約的單調氣息！

「去病」，「棄疾」，要斬卻的是肉體的贅瘤、不適、苦痛，「去非」呢？「去非」要去除的是知能的偏倚、差池、邪曲吧！其困難度，身體與心智應該是相當的。

「去病」，「棄疾」，要遠離的是自己的病痛，是否還要棄去社會的病、家國的痛？「去非」，要去除的是自己過去的偏差、錯誤，也要劃刈詩壇的乖違、悖離嗎？

陳去非，在取用「去非」名號闖蕩天下時，有著深深的自我期許嗎？期許自己的闖蕩，能給詩壇嚇出一身冷汗、霍然去病？期許自己勇於歷盡艱辛，也要爲詩壇摘去病蟲、免於危害？陳去非，有這種深深的自我期許嗎？二十世紀八〇年代，我，無法窺探。

最近，他將這幾年持續寫作的相關詩評論，集結爲書，定名爲《新詩：創作、批評與賞析》，我有幸先讀，才知道闖蕩江湖時，他是有所蓄積、有所儲備的，斷非空嘴鋪舌，隨意塗說。

《新詩：創作、批評與賞析》，分成四大部分，第一部分是〔新詩創作與批評學理〕，從學理「開枝」，探索華文新詩的形式流變，聚焦在新詩的結構、意象、音樂性、語法、體裁等等，這是基礎學理的踏實奠基，不是空中樓閣、浮水印象。春生，夏長，從此進入第二部分〔新詩修辭格探討〕，這是他在二〇〇七年整理碩論，出版詩歌修辭鉅著，有關新詩《表現技巧美學》、《形式設計美學》之後，實際借用詩人詩例，聯結超現實、象徵、兒童詩、歌謠體，聯結洛夫、楊喚、余光中、瘂弦、鄭愁予，聯結修辭的通感、象徵、比擬、反諷、示現、排比，結合理論與實例，爲新詩修辭再現新天地。這兩部分屬於新詩創作的論述，最爲堅實、犀利。至於「散葉」的部分，可以看出是由學理與修辭格爲基礎所發散出來的花果，第三部分〔新詩批評論述〕、第四部份〔新詩作品賞析〕即屬於四季裡的秋收冬藏，屬於這本書名所揭示的「批評與賞析」，學理應用、可以依循的腳跡。

陳去非成長的年代是二十世紀八〇年代之後，因此書中所拈提的詩人幾乎是前行代的詩人，加上少數最近出現在網路上的新客。中間那一段，中堅代、新生代詩人呢？中堅代的詩人只出現李敏勇、向陽，稍晚的與陳去非同時崛起的詩社，包括地平線、薪火、新陸、象群、曼陀羅，以及他應該相當熟稔的同輩詩友，都未出現在他的視野之中。就詩史的發展而言，顯然有其缺漏之處，不過，也可以從這本書中所舉的詩人、詩例，看出他個人的偏嗜，那就以這本書檢視陳去非個人所堅持的詩的視野、視境吧！

就《新詩：創作、批評與賞析》這部書而言，或許陳去非志不在詩史的全面性鳥瞰、認知與探究，而在於「正」知識的釐清與傳授。作爲臺中清水人的陳去非，其實還有另一個常用的筆名：「陳清揚」，「清」，不完全是爲了呼應家鄉清水的清，「清揚」才是他眞正的決志所在，可以說，《新詩：創作、批評與賞析》的寫作與出版，是爲了知識的「激濁揚清」，蕩去滓穢，甚至於是爲了新詩生態的「激濁揚清」，找到眞正的、他所認可的統緒吧！

去非，清揚，《新詩：創作、批評與賞析》這部書可以看到作者的教師性格，多少已除卻平日網路上急躁的聲音，按部就班，踱步在新詩學堂上，有如明礬一般，淨水、殺菌、消毒、除臭，只是對某些皮膚還是會有刺激性。

二〇一八・五・二十二・寫於敦厚大化路上

「誤讀」創作學與「裝睡」生命學

一

我喜歡一句俗話：「裝睡的人叫不醒」。

這句話眞理性強，眞實性強，眞相亦然。

一個正常入眠的人，不論入眠多深，一定的分貝所傳達的聲波一定可以喚醒他，但同樣的分貝、同樣的溫柔，卻無法喚醒另一個決意裝睡的人，如果他被你喚醒，他的裝睡「動作」、他的裝睡「目的」就不算成功。

蕭水順誤讀區：

A. 中國國民黨從未裝睡。

B. 民主進步黨從不裝睡。

C. 二〇一九年的臺灣民眾黨不知甚麼是裝睡。

二

香港人反送中之前，香港人余境熹（一九八五～）就完成了《卡夫城堡——「誤讀」的詩學》，可能是余境熹寫那麼多誤讀詩學篇章，最早為個人詩作成集出書者，我們給予兩位最深的祝福。

香港人反送中之前，香港人余境熹就完成了《卡夫城堡——「誤讀」的詩學》，可見此書與反送中無關，但與香港人有關，因為此書首度誤讀的篇章就是卡夫（杜文賢，一九六〇～二〇一九）的〈香港高樓〉，新加坡的卡夫不是沒見過高樓，但是沒見過如此密集如此厚稠的香港高樓、香港高人，高樓與高人之間幾乎沒有呼吸的空檔。

此書書寫的秩序，輯一就是為〈香港高樓〉這單一詩篇所寫的誤讀，「香港」無疑是這本誤讀詩學最重要的觸媒劑。輯二是從動漫截出的快樂時光，以動漫為單一視野，單一凝視《卡夫截句》（秀威，二〇一八）。輯三則對卡夫第二本截句詩《我夢見截句》（秀威，二〇一九），在趨情趨色與驅邪驅魔的當今現實與遠古歷史之間驅馳，時有驚豔之舉。輯四最是特殊，借用白靈（莊祖煌，一九五一～）與卡夫的詩，疊合阿茲特克（Aztec）歷史發展的一篇學術論文，透漏了余境熹學者出身的神祕身分。前此白靈力推五行詩，近期發展截句，卡夫則隨白靈而專注投入截句研究，不到三年出版《卡夫截句》、《我夢見截句》、《截句選讀一》、《截句選讀二》、《新華截句選》、《淘氣書寫與帥氣閱讀：截句解讀一〇〇篇》，大約是華文世界最配合白靈推動截句的第一人，現實如此，余境熹嫻熟不同時代的歷史（上古、中古、現代詩史等等），所以有此串聯與誤接，將誤讀詩學拔高到史學文獻的考究，令人擊節讚嘆。

不過，此書題名《卡夫城堡——「誤讀」的詩學》，讀竟全書，從未見一文論述名爲〈城堡〉的詩作，直到〈後記〉，余境熹簡單敘述法蘭茲．卡夫卡（Franz Kafka）的小說《城堡》（德語 Das Schloß），說土地測量員K受邀到城堡上任，在一個下雪的深夜來到城堡入口的村莊，不料卻受阻而無法進入城堡，城堡始終近在眼前又遠在天邊，眼可望而腳不可即，整篇小說就是在表達這種「無盡的等待，平靜的絕望」，一直到故事結尾，依然是下著雪的冬夜，等不來春天。人生，就是這樣一篇未竟的小說，未竟的旅程。顯然，余境熹有意以《城堡》來象徵卡夫的詩，那是就在眼前卻不得其門而入的空間。《城堡》中文譯本的封面是與一隻眼睛結合的一把鑰匙，空有眼睛、空有鑰匙，卻無啟鑰的匙孔！

余境熹深知《城堡》的情節，充滿各種啟發思考的象徵，但這些象徵所指不定，讀者若要洞悉卡夫卡的眞實企圖，其努力終歸是徒勞無功、白費心機。余境熹說，從神學立場出發，「城堡」可以是神及其恩典的象徵，K的挑戰終歸失敗；以心理學剖析，城堡是K自我意識的外在折射；從存在主義看，城堡表徵的是荒誕的世界，現代人的精神危機；以歷史或社會學觀點分析，效率低下、官僚主義的城堡代表著崩潰前夕的奧匈帝國；形上學的視域裡，K所致力探求的城堡是尋求生命的終極意義；馬克思主義文藝觀中，K的恐懼來自於個人和物化了的外在世界的矛盾；實證主義者，就會去詳細考訂卡夫卡的生平、時代、社會，對應小說中的人和事，索隱鉤沉。

讀者或許眞認爲余境熹是以學者的身分在討論《城堡》的象徵義，但我認爲，應該是他在告訴我們「誤讀」其實有好多康莊大道、通幽曲徑、羊腸小路可以走，形上學、社會學、存在主義、神祕學、馬克思……，都可以通羅馬、通新加坡、通卡夫卡、通卡夫。但是，背後的眞義也在說：清醒的「誤讀」談何容易，神學、心理學、存在主義、歷史或社會學、形上學……！

蕭水順誤讀區：

A. 卡夫卡才有城堡，卡夫沒有城堡，所以書名《卡夫城堡》，真是「誤讀」

的詩學。

B. 卡夫卡才有城堡，卡夫沒有城堡，書名《卡夫城堡》顯示：卡夫不卡城堡。

C. 城堡是防禦性的武裝建築，所以應該有靜態的挑釁味道：來呀來呀！來攻打我呀！——這是卡夫發出的？還是余境熹？

三

「詩學誤讀」（poetic misprision）是美國解構主義批評家哈羅德．布魯姆（Harold Bloom）所建構的一套理論，余境熹藉由〈坐在阿茲特克的廢墟上沉思：卡夫截句、白靈小詩的歷史迴響〉的論文餘韻及相關註解，提出了許多說解與努力方向，依其論說擇要分述如下：

一、開放的「可寫文本」與封閉的「可讀文本」不同，開放的「可寫文本」具有充足的條件，能誘使讀者介入其中，進行再創造。

二、「消費性讀者」和「生產性讀者」，後者才是「理想的讀者」，有著強烈的參與意識，回絕文本顯明的可理解性，將文本視爲再生產的材料，能闡發文本的多重意義。〔以上羅蘭．巴特（Roland Barthes，一九一五～一九八〇）〕

三、當代的文學詮釋已不能以「準確」爲目標，不妨轉移焦點，以追求豐富、激越、具趣味的再創造爲旨歸。〔茨維坦・托多羅夫（Tzvetan Todorov，一九三九～二〇一七）〕

四、由於書寫的基礎乃文化的累積，一個文本與其餘文本存有的「互文」關係，有時並不爲作者自己所意識，故以作者意志爲詮釋的向度，並不能滿足對文本文化內涵進行開掘的要求。〔茱莉亞・克莉斯蒂娃（Julia Kristeva，一九四一～）〕

五、文本無法擺脫外在因素如體制和規範之影響，所以不具有固一意義之可能。〔安納・杰弗遜（Ann Jefferson）〕

六、「互詩性」的理論：以文字書成的每一首詩都必將建構出牽涉到文本外的、更廣闊的語言網絡，以致作者自身對文本設下的釋義框架，最終亦必無法妥善保障詮釋的獨一性和眞確性，其結果是令作者與單一的文本皆無法自足地存在於文學作品的析讀之中。〔哈羅德・布魯姆（Harold Bloom，一九三〇～）〕

「開放性閱讀、參與性創作」的誤讀詩學，是在減弱作者的必然性、強大讀者的偶然性上提供建設。作爲兩岸好幾地華文地區「誤讀」詩學的推動者，余境熹爲廣大的詩友理出了頭緒，像耙子一樣耙梳出大綱，像梳子一樣耙梳出細目。

不同於《截竹爲筒作笛吹：截句詩「誤讀」》（秀威，二〇一八）的出版，余境熹特意走到臺前，將誤讀加上引號：「誤讀」，誤誤得正，「誤讀」會因此成爲詩欣賞、詩批評的正途嗎？——或許這又回到哈羅德·布魯姆最先提出的「影響的焦慮」（《影響的焦慮：一種詩歌理論》），或許，余境熹看出了卡夫對截句的可能影響所產生的焦慮，連帶地形成自己更新的、更多的影響的焦慮，因而嚴肅地建立了《卡夫城堡》，爲臺灣發聲、東南亞響應的截句運動，激發出香港人的熱忱。

四

蕭水順誤讀區：

新詩創作不會配給香港的八達通
新詩創作不會配給臺灣的一卡通
新詩創作不會配給新加坡的 ez-link Card
所幸還有「誤讀」可以任人三江四湖五海，輕輕鬆鬆。

余境熹在那篇〈《卡夫截句》中〈我〉的「誤讀」〉，留下許多——空白處，可以任由閱讀者塡注，在他專主的誤讀區容許一誤再誤，發揮了「誤讀」精神。

原來，卡夫的〈我〉詩只有一行，在臉書上謙虛地向朋友討教，朋友七嘴八舌，各出機杼，互有激盪，最後成就一詩，但，這首詩是誰的〈我〉？因此，余境熹忽然想到新的問題：

「現實中，我真是『我』嗎？抑或我只是大家各據印象、修改而成的『我』？蝴蝶夢裡，不知『我』是誰。」

因此，我忽然想到新的問題：

「『誤讀』後，我真是『我』嗎？抑或我只是大家各據印象、修改而成的『我』？蝴蝶夢裡，不知『我』是誰。」

例如在此書中，余境熹曾經兩度或嚴肅、或輕鬆解讀卡夫的〈痛〉：

卡夫〈痛〉

點亮一盞燈
眼睛成了驚弓之鳥／槍都上膛了
我不過是想寫一首詩

余境熹「誤讀」一：許多阿茲特克勇士訓練一生，獲得超卓戰技，就是爲了以生命「寫一首詩」，在與敵人決鬥時譜出輝煌。可是這次，皮膚白皙的掠奪者總是逃避近身較量，只以「上膛」之「槍」遠距離地進行殺戮，使一身好武藝的阿茲特克英傑無從施展。當城內神廟的「燈」如常「點亮」，阿茲特克人又一次看見西班牙軍「槍都上膛了」；由於無法消除敵人在攻擊範圍上的優勢，城內的臣民徒然變成「驚弓之鳥」，時刻惶恐不安。（〈坐在阿茲特克的廢墟上沉思：卡夫截句、白靈小詩的歷史迴響〉）

另有「誤讀」二至六：余境熹在〈春宵苦短：卡夫之〈痛〉「誤讀」〉文中，以五種不同的社會版情色新聞去渲染，但結語卻引《金瓶梅．序》說：讀《金瓶梅》而「**生憐憫心者，菩薩也；生畏懼心者，君子也；生歡喜心者，小人也；生傚法心者，乃禽獸耳**」。認爲讀這首詩，誰不感覺到悲憫，誰不內心隱隱作「痛」？可以視爲第七種教化版解讀。

「誤」差這麼大，歧路這麼多，余境熹從短短四行詩中「幻化」出這麼殊異的情節。那麼，原來卡夫的「我」，的「痛」到底是什麼？

美國詩人佛洛斯特（Robert Frost）說：「**一首詩始於喜悅，終於智慧。**」「誤讀」一開始確實有著閱讀的喜悅，最終，回歸原作，會不會抓到那個「痛」點呢？會不會有抓到那個「痛」點的智慧呢？

蕭水順誤讀區：

卡夫說「我不過是想寫一首詩」，其前他說「生命不過是一首詩的長度」，所以，他以截句當逗點。

五

……

……

蕭水順誤讀區：

一開始就標注這是「誤讀」，表示余境熹心中有一個「正讀」在。

一開始就「裝睡」，因為心中有一個「睡」在。

所以，你在栩栩然的夢裡，還是在蘧蘧然的醒之中？

二〇一九．處暑之後白露之前

以仁為宗的文學是正在趕路的春天

傳統儒家觀念下，都會說文學是以人爲本的文學，簡稱爲「人的文學」，除卻「人」就沒有了文學，「人」包括了內在的人性，也包括了外憑的土地。

在這個大前提下，我認爲兒童文學卻必須率先加入動物，少了動物就不能算是兒童文學，而且，先從小動物開始，螢火蟲、蟬、蝴蝶、蜘蛛、瓢蟲、蜜蜂、螞蟻……先要開一家「昆蟲館」，再來設置「動物園」，邀請大象、獅子、長頸鹿、斑馬，空中飛的燕子、麻雀等鳥類，還有角落裡、泥土下的小動物蝸牛、蚯蚓等等，甚至於成立「動物家族」，這樣就可以迎接正在趕路的人生的春天：月亮、雲朵、雨水、大海，向日葵、木麻黃和青苔，所有的美好都會到來！

如此，兒童文學在加入動物之後，就可以說是溫馨的、和諧的，「心」的文學，

「圓」的文學，「愛」的文學。

我這些想法，「心」的文學、「圓」的文學、「愛」的文學，其實是在閱讀王宗仁的《春天正在趕路》童詩後，被他點醒的。而且，「愛」是我們平常講的白話，傳統的孔子的信奉者會用「仁」這個字，筆畫簡單多了！

所以，我們可以下個結語，順便開開王宗仁的玩笑，兒童文學，眞的是以「仁」爲宗的文學，而且，他還是其中的王哩！

二〇二二・四・十二

以月為興的喉頭燥熱

讀楊宗翰的〈月興〉

在《吹鼓吹詩論壇》雜誌裡〔臺灣詩學同仁截句詩展〕專輯中，楊宗翰提供的是兩首截自舊作的作品，一爲〈欲言〉，一爲〈月興〉，彷彿可以用這兩首小詩作爲「截句」的宣言——至少是楊宗翰對「截句」的認識，——至少是後設的、我以爲楊宗翰對「截句」的認識。

截句是有題目的四行（以內）小詩，有如曾經流行的三行的日本俳句（使用漢字時稱爲「漢俳」，寫於臺灣也可以稱爲「臺俳」），她們都難以敘事，無法鋪陳，既不能探首過去，也不好伸頭望向未來，最好是「當下」的「即物」之興，所以楊宗翰提供的是由「月」起興的〈月興〉。

截句，只許四行（以內），詩人正要展開話頭，就已到了盡頭，欲言又止，應是許多人初寫截句時猛嚥口水的經驗，這種猛嚥口水的寫詩焦慮，楊宗翰用〈欲言〉表達：

架上曬滿胸衣與舌頭／他們想找話說
我羞得緊低著頭／渴卻說不出口

十分傳神而精彩。

〈欲言〉這首詩前後兩節，都在傳達「欲言」的情境，第一節以胸衣的（實物的）女性意象、舌頭的（想像的）多言意象，盡在風中飛揚的曬衣場——外在的「物」的場景，表述「不在現場的她」，「欲言」而未能的困境。第二節則以胸衣引起的男性意淫之興奮，內在的「我」的渴欲，點出「渴」之由來，對於想像中的她眞有說不出口的、「欲言」而未能的窘境。這首作品截舊作以成新詩，當以獨立的截句來看待，精準的刻劃出男性的性之渴欲，即使只是面對胸衣，也如猛獸在柙，蹦躍欲出。

這樣的情境，正是截句書寫時詩人內在的衝勁，彷彿要出口了卻又要及時煞住。〈欲言〉這首詩的「渴」，到了第二首〈月興〉，轉化爲「卡在候鳥燥熱底喉頭」

的那滴「淚」。

寒僧推敲已久的／那滴淚／仍卡在／候鳥燥熱底喉頭

如果說〈月興〉是以「月」爲興，不如說是以賈島（七七九～八四三）的「**鳥宿池邊樹，僧敲月下門**」（〈題李凝幽居〉）作爲起興點，月、鳥、僧與推敲的意象，都有了落點。

截句限定四行（以內），小詩中的小詩，所以每一用字都須精準無比。以〈月興〉首句來看，「僧」已是抛卻紅塵、除去情慾的獨孤意象，楊宗翰卻在「僧」之前加上一個「寒」字，更顯寂寥落寞的淒清之意。僧之所以「寒」，正襯托其後喉頭燥熱之所以「熱」，用以掀起對比、互補的震撼效果。

終身生活在日據時期的臺灣，賴和曾與友人以〈寒僧〉爲題聯吟，寫了一首七絕：「**風雪漫天掩小庵，梅瓶凍破冷難堪。夜來撥火閑煨芋，惆悵無人可共談。**」(http://cls.lib.ntu.edu.tw/LAIHEAPP/srch_fulltext.aspx，賴和紀念館文學檢索區．〈寒僧〉）他以「撥火煨芋」的熱來對抗漫天風雪的冷，以「無人共談」來顯映僧人內心的孤寂。如果再細看賴和〈寒僧〉的結構，起承轉合，十分嚴謹，「**風雪漫天掩**

小庵」破題，「風雪」比配的是寒，「小庵」呼應著僧，這是「寒」與「僧」之總「起」；「**梅瓶凍破冷難堪**」，特寫插著梅花的瓶中水，因冷結冰而凍破瓶身，鮮奇的意象，誇張卻又不能排除現實的可能，這是「寒」之特「承」；「**夜來撥火閑煨芋**」，這是從漫天風雪的天寒轉向人間溫熱的煨芋小火，天人的轉，寒熱的轉，巨大與微渺的轉，這一「轉」一百八十度，詩的撼人力道出現了！由「外」「景」轉向「內」「情」的撼人力道出現了！「**惆悵無人可共談**」的惆悵，合而感染給所有的讀者，不在寒地、也非僧人的讀者。

以這樣的結構，回頭去審視現代截句的楊宗翰的〈月興〉，是不是也呈現出相同的節奏？

承接「**寒僧推敲已久**」的「**那滴淚**」，更是萬千情意結的最終凝鍊，此詩之所以成就的關鍵點。僧之淚，不應以「行」計，此處以「滴」數，相思、懷顧、不捨的情意演義，會在讀者心中自行鋪陳。作爲截句，點出那滴「淚」，就已足夠了！

那滴「淚」，讓我想起蘇紹連的詩作，「淚」所形成的字群一直是他詩中最常出現的情意結的凝珠，是滋潤，是感動，是糾葛，是苦痛，是複雜情緒的簡單結晶，他最近出版的《慢車道：蘇紹連新世紀詩選》（爾雅，二〇二三），自選五十一首詩，就出現了二十一次「淚」字群，楊宗翰跟寒僧推敲了半輩子，自然也不免以那滴「淚」作爲天地間情意綜的焦點，彷彿寒僧剃除的三千煩惱絲仍然糾結在那已剃除三千煩惱絲的和尚頭——天地間的一滴「淚」！

楊宗翰說「那滴淚仍卡在候鳥燥熱底喉頭」，何以是「候鳥」？是不是在呼應起落有時的「月」？明月是昇是落、是盈是虧，與候鳥的春秋都一樣「來去有時」，以此相呼應？當然也點出寒僧的情意波動，「偶爾」興起漣漪，不會是時時震撼。這也就是截句所要的「當下」、「即物」之興的表現，不用展延「本事」，讀者自有讀者展延的自由和空間。

當然，延續上一首〈欲言〉所要出口卻未出口的「渴」，泛性論者願意將此地的「候鳥」不放在「池邊樹」上解讀，也另有興意，可以令人會心一笑，是以「月」之興是推向「雅之致」或「性之事」，那是截句後的大廣間，讀者的喜樂事了！

（本文原刊於卡夫、寧靜海主編《淘氣書寫與帥氣閱讀——截句解讀一百篇》臺北：秀威資訊，二〇一九。）

二〇二三・春寒之日・作者再予增肌補力

那個人在撐天上那一橫地上那一橫留下寬廣

速寫王宗仁

「那個人在撐天上那一橫地上那一橫留下寬廣」之一

每次遇到王宗仁，我總會想到散文詩，因爲他最早出版的詩集是散文詩《象與像的臨界》（爾雅，二〇〇八），很多人因爲這本臨界之作將他排入商禽、蘇紹連的散文詩系譜中，與李長青等人並列。七年後他又出版詩與歌結合的《詩歌》（遠

景，二〇一五），他是一個喜歡遊走在兩個矛盾的次文類中的詩人嗎？

出版《詩歌》的時候，我曾指出「散文詩是詩還是文，有些論者喜歡在這種文類的分類上多加著墨，王宗仁卻選擇散文詩此一特殊的文類展現自己；流行歌是詩還是歌，現代詩要走向合韻的詩、還是不合韻的歌，詩壇多所爭辯，當大家還在迷惑誰是誰非的時候，王宗仁選擇出版自己的第二本散文詩集，緊密接合現代詩與流行歌的《詩歌》。」他進入詩壇的最早啟蒙老師岩上（嚴振興，一九三八～二〇二〇）也提出面對這兩難所需要的勇氣：「《詩歌》除了藉引他人的歌詞之外，再次以散文詩的手法展現其熟練的語言操作和詩質思維的躍動。詩要擺脫歌詞已很麻煩，再加上散文性的糾纏，王宗仁的《詩歌》自陷於險境的操作；自脫束縛，是詩藝術創作走鋼索的勇氣與自勉登峰的表現！」

沒錯，「自脫束縛，是詩藝術創作走鋼索的勇氣與自勉登峰的表現！」

這次，王宗仁又選擇了另一個難題，將「地誌」與「詩」結合，將知識性、理性、知性的「地誌」，與智慧型、感動型的「詩」結合，準備爲臺灣風土留下不同的歷史璀璨與人文輝煌。

《風土》，是不是也要讓我們看見美土如山、好風似水，不一樣的山水？

「那個人在撐天上那一橫地上那一橫留下寬廣」之二

每次遇到王宗仁，我總會想到散文詩，這次是我自己寫的一首散文詩。

我曾經寫過一首散文詩〈仲尼回頭〉，「仲尼」是至聖先師孔子的字，我們把他當作普通人，可以相互稱「字」的朋友，「回頭」，則是一種反覆關顧，難以割捨的動作，最明顯的例子是母親送嬰孩到保母家托育時，明明已經將自己的孩子親手交給保母了，卻是走兩步就回頭一次，嬰兒哭、回頭，嬰兒沒哭、也回頭，那種眷戀難捨的表情，最讓人動容。我選擇這樣的一個動作，來表達孔子的仁心，從最基本的對家人的關懷、對學生的疼惜，延伸到對廣大眾生的憐憫，層次分明，仁愛因而遞增。

詩的第一段：「走過曲阜斜坡，仲尼曾經三次回頭，一次為顏淵、子路、曾參、宰我，一次為孔鯉、孔伋，另一次為門口那棵蒼勁的古柏。」這時孔子還在山東曲阜的家鄉，環繞的是學生、子孫、家屋，先關懷人，再關懷物。到了第二段：「走過魯國開闊的平疇，仲尼只回了兩次頭，一次為遍地青柯不再翠綠，遍地麥穗不再黃熟，一次為東逝的流水從來不知回頭而回頭，回頭止住那一顆忍不住的淚沿頰邊而流。」場景擴大，關懷的事務也提升了，一爲具體的民生問題，一爲抽象的時間命題，這都是《論語》書上，縈繞在孔子心上的生命難題。

詩的最後一段，儒家的終極關懷：「走過人生仄徑時，仲尼曾經最後一次回頭，看天邊那個仁字還有哪個人在左邊撐天上的那一橫地上的那一橫，留個寬廣任人行走。」「仁」是儒家中心思想所在，這一段試圖從「仁」的字形，去闡發「仁」的實質內涵，那種仁愛胸懷是為眾生撐起一片天、立穩一片地，闢出康莊大道，指引一條光明的人生走向。

王宗仁的《風土》，是他親履臺灣這片土地，溫暖觀察人文風尚所獲得的情義結晶，是儒家仁心的體現，家國之愛的香氛。是一個庶人的再三回頭，一個詩創作者的不忍心意。

「那個人在撐天上那一橫地上那一橫留下寬廣」之三

人是「動」物，廣義的遊牧民族，逐廣義的水草而居。

所謂家鄉，一般人都會以為是自己的出生地，也有人說是祖先流浪的最後一站，向陽的〈立場〉則以「**人類雙腳所踏，都是故鄉**」，王宗仁顯然也接納這樣的說詞，《風土》一書即是他雙腳所踏的故鄉形跡與人情風華。

根據他來信所述，國中畢業後出生員林的他考上彰化高中，理應留在彰化就讀，但父親想讓他個性更爲獨立，安排他遠離最初的故鄉「員林」，跋涉到高雄，親炙了三年南臺灣的熱情語彙，且因住在學校宿舍，認識了一大群戶籍量詞爲「屏東」的同學，假日時常會到島嶼更南端標記青春。大學時情緒遷徙到臺北，繁華臺北四年，其後的兵役兩年再回嘉義端槍、跑步。退伍後的文職工作，南投、員林、彰化、臺中，頻頻移動在縣府、文化局、大學辦公室裡。他的空間移動與觀察，影響著《風土》的視野。

《風土》裡的地誌書寫，既不追求名山勝水，也不在網紅打卡的地方嬉鬧，以〔輯一：北冀的美學課程〕爲例，他注目的是〈阿爸和我的打鐵仔店〉，寫的是打鐵的精神、生活的哲學：「摒卻雜念，你教我秉繼文化抵禦貧窮／跨進祖先百年來尊崇技藝的節奏裡／鐵材的挑選像牽剪一條條單調街弄／丈量曲式後裁鋸成自由又有節制的長度／才能在起爐後彩排走位」。在礁溪，多少溫泉水霧可以憑眺，多少山谷竹林可以徘徊，他所關心的「量詞」卻在「時間豪邁排練宜蘭東北隅遼闊的藍」、「大塊大塊地剪裁出噶瑪蘭和泰雅族人律賦裡的豐腴」，當然也不忘「吳沙帶領移民翻身鬆土／築圍沐浴的古老唇音」。到了三峽，他注意到三峽手作客家藍染的「青出於藍」；到了角板山，他聞到角板山樟腦收納所的「斐然成樟」。

王宗仁的《風土》是常民的風土。

「那個人在撐天上那一橫地上那一橫留下寬廣」之四

王宗仁在文化崗位上，在寫作道路上，揮汗策勵自己，目前也擔任「中華民國身心障礙者自立更生創業協會」顧問暨刊物副總編輯，這個自立更生創業協會設立的目的，在於積極辦理身心障礙者的職業訓練，開創企業策略合作，達成「訓用合一」目標，讓身心障礙者有自立更生的能力，且能充實文化及精神生活，肯定自我價值，進而幫助他人、回饋社會、服務人群（參閱〈臺灣法人網〉）。宗仁有感於創辦人劉天富先天雙手雙腳重殘，生活起居都需要人照顧，卻挺身為身心障礙者設想：如何習得一技之能，如何獲有工作機會，如何不成為社會累贅，所以，他也捐出時間、能力、財物，協助會務開展。

這樣的愛心還表現在更生人的重建工程上，二〇一九年起王宗仁持續與「法務部矯正署」、「鴻海教育基金會」等單位合作辦理文學教化活動，親身深入監獄教授受刑人閱讀、創作，以內在陶冶的文化力量，激盪出創意、想像，發而為寫作技藝，用以紓解積壓的憤懣，從而產生審視自我，達臻於清明的可能，為回到紅塵俗世的更生人重建自信的堡壘。

所以，即使在以風土爲主軸的地誌詩集，王宗仁關懷的是人，是打鐵的人（〈阿爸和我的打鐵仔店〉），出海的人（〈我父，地圖——詩寫貢寮卯澳漁港〉），木雕工藝人（〈相遇木雕村〉），惜花連盆的人（〈陶裡爭妍——華陶窯體驗製陶有感〉），藺草編織的人（〈草擬人生——致一生都奉獻給藺草編織的妳〉），漆藝人（〈如膠似漆的藝與美——參觀豐原漆藝館有感〉），織襪人（〈足裡天下——參觀社頭織襪工廠有感〉），甚至於傳統民俗的科儀保持人（〈文化的饗宴與傳承——參加六堆忠義三百金籙大醮有感〉）……

王宗仁的《風土》爲許多受苦的心、咬緊牙根的人，撐起天上的那一橫地上的那一橫，留下路，任人行走。

「那個人在撐天上那一橫地上那一橫留下寬廣」之五

王宗仁的《風土》有著《詩經》「風、雅、頌」的內涵：

承載著風土民生的原原本本，此之謂「風」。

紀錄了許多即將凋零的文化產業，這是文化裡「雅」的跡痕。

保留下百年祈安醮典的古禮，此乃民主時代的「頌」。
王宗仁的地誌詩更多方啟用《詩經》「賦、比、興」的詩藝，我們舉他的〈參觀FRANZ 法藍瓷展有感〉裡的一首小詩來欣賞他的高超技巧，他如何面對花瓶上的實物：瓢蟲與雛菊，如何從小昆蟲產生擬人化的願望，繼而企盼生命與藝術的永恆！

彷若有紅色的魂靈／在輕顫的葉尖匍匐／或者躍跳／點點黑圓像正在凝聽／從宇宙間傳來的波光與迴響／剔透的白色花瓣／則在層次間一一回想／千度的窯火如何將土泥化為晶瑩／為「恆久」演繹
蔓生的莖與葉／在亮綠場景中靜靜沉睡／而溫潤的時空之上／瓢蟲攀住光與光的側向／等導覽而來的風，輕輕／輕輕吹動願望

〈永恆・願望〉（瓷品：《瓢蟲與雛菊》）

這就是王宗仁，他寫出了臺灣風土詩的文化寬廣。

二〇二三・國際五一勞動節前夕

晨星文學館071

黃昏裡掛起一盞燈

作　　者	蕭　蕭
主　　編	徐惠雅
校　　對	蕭　蕭、楊嘉殷、徐惠雅、曾一鋒
美術編輯	張芷瑄
創 辦 人	陳銘民
發 行 所	晨星出版有限公司 407台中市西屯區工業區三十路1號1樓 TEL：04-23595820　FAX：04-23550581 Email：service@morningstar.com.tw http://www.morningstar.com.tw 行政院新聞局局版台業字第2500號
法律顧問	陳思成律師
初　　版	西元2024年07月01日
讀者專線	TEL：02-23672044／04-23595819#212 FAX：02-23635741／04-23595493 E-mail: service@morningstar.com.tw
網路書店	http://www.morningstar.com.tw
郵政劃撥	15060393（知己圖書股份有限公司）
印　　刷	上好印刷股份有限公司

定價　380 元

ISBN 978-626-320-859-9
Published by Morning Star Publishing Inc.
Printed in Taiwan

線上回函

國家圖書館出版品預行編目資料

黃昏裡掛起一盞燈/蕭蕭著. -- 初版. -- 臺中市：晨星出版有限公司, 2024.07
面；　公分. -- (晨星文學館；71)
ISBN 978-626-320-859-9(平裝)
1.CST: 臺灣詩 2.CST: 新詩 3.CST: 詩評

863.21　　113007075